大活字本シリーズ

沈黙の町で

《中》

奥田英朗

埼玉福祉会

JN122930

沈黙の町で

中

装幀　関根利雄

7

橋本英樹は、地検の自室で、朝から二件の公判をはさみながら、中二生徒転落死亡事件の関係資料を読んでいた。目撃情報はまだ得られておらず、この分で行けば、午後の送検までに朗報が入ることはなさそうに思えた。さらには少年たちの自供も得られていない。

警察は、中学二年生など少し締め上げればすぐに自供すると高をくくったのではないか。初動段階での口裏合わせを防ぐという理由は納得できるが、身柄を押さえてみれば少年たちは案外頑《かたく》なで、名倉祐一に銀杏《いちょう》の枝に飛び移るよう強要したことを認めようとしない。全員が、名倉一人を置いて先に下校したと言い張っている。こうなると、目撃証言がない限り起訴は無理である。

昨夜打ち合わせをした駒田署長の口ぶりからも、当てが外れた焦りが感じられた。少年事件は世間の耳目を集めるだけに、強引な捜査ははばかられる。

警察の見立ては変わっていない。少年四人は、名倉祐一に銀杏の木に飛び移るよう強要し、飛び移らせたところで置き去りにして帰った。あるいは落ちたのを見て怖くなって逃げた——。

橋本の心の中には、疑念も何割かはあった。もしかして、これはただの事故なのではないか。常識からすると、名倉祐一がわざわざ一人で飛び移るわけはないが、中学生はそもそも衝動的な生き物なのだ。自分の中学生時代を振り返っても、その行動は理屈で説明できるものばかりではなかった。後先を考えず、突拍子もないことをしでかす。自殺衝動の萌芽も、この時期の特性だ。

自殺か――。その可能性も考え、橋本は頬杖《ほおづえ》をついて目を閉じた。いいや、二階の屋根から飛び降り自殺というのはありえない。そこまで愚かしくもなかろう。

再び資料を読み進むと、コンビニの防犯カメラ映像により、下校時の状況で証言との食い違いが発覚したことが記されていた。最初の証言では、帰る方角が同じである坂井、金子、市川が一緒に校門を出たことになっているが、コンビニ前を通過したのは坂井と金子の二名で、市川は十分遅れてコンビニ前を走って通過している。取り調べでその点を突くと、市川が体操着を忘れて一度戻り、走って追いかけたとの説明であった。結果、追いつくことなく、そのまま一人で帰宅している。取り立てて不審な行動ではないが、嘘《うそ》をついたことは事実である。

もう一つ、事件の翌朝、四人は携帯電話で話をしている。最初に市川が坂井に電話をし、続けて、金子、藤田とかけている。市川が中心となって、連絡を取り合ったのだ。何を話したのかという質問には、全員が、ニュースで名倉祐一の死を知ってショックを語り合ったと答えた。ここで何らかの口裏合わせがあった可能性が高いが、もちろん証拠はない。

殺人罪で起訴する場合は明確な自供が必要である。橋本はそう思い、ため息をついた。果たしてその展開は望めることなのか。

内線電話が鳴った。取ると次席検事の伊東からだった。「おい、中学生の件はどうだ」と聞くので、相談ついでに出向くことにした。

廊下を歩き、角の次席室へ行く。中では伊東が扇風機を回しながら、書類の山に向かっていた。

「どうしたんですか。その扇風機」

「買ったんだよ。自費で。ビルが古いからエアコンも利きゃしねえ。今年の夏も熱くなるぞ。来週には梅雨が明けるそうじゃないか」

伊東が額に汗を浮かべて言う。汗かきの彼には、猛暑で知られるこの地への赴任は一種の災難だろう。着席を促され、正面に腰掛けた。

「桑畑二中の件ですが、わたしは目撃証言が出てこない限り立件できないと判断するつもりですが」

時間が惜しいので、橋本はいきなり意見をぶつけた。

「自供だけではやらんか」と伊東。扇風機のリモコンを手にして、首振りにして、橋本にも風が来るようにしてくれた。

「少なくとも今やるべきではないでしょう。起訴に持ち込めたとしても、公判で否認に転じたら目も当てられません」

「そりゃそうだ。おれも聞いたが、向こうの弁護士はヤメ検の堀田さんだってな」

「ご存知なんですか」

「ああ、知ってる。大阪で二年ほど一緒だった。そのときは刑事部の次席捜査官だったかな。優秀だがアクの強い人だったよ。仕事のやり方が強引でな、こりゃ検察内で出世するタイプじゃねえだろうと思ってたら、あっさり弁護士に鞍替《くらが》えしちまった」

「じゃあ尚更《なおさら》、自供頼みは危険です」

「そうだな。で、子供たちは午後には来るんだろう？」

「はい」

「おまえ、子供だからって隙は見せるなよ。最初が肝心。弁録が勝負だからな」

　弁録というのは、送致直後に検察官が被疑者に対して送致事実を読み聞かせ、間違いがないか、弁解することはないかを聞き、その内容について作成する調書のことである。この段階で、事件のことをよく知らないような言動を見せたら、その時点で検事はなめられる。

「それでひとつご相談なんですけど、児相送りになった二人の生徒、市川健太と金子修斗にこれから会ってこようと思うんですが、どうでしょう」

「これから？」

「坂井と藤田が送致されて来る前に、話が聞けたらと……」

「ああ、いいんじゃないか。署長か捜査一課長に連絡して頼んでみろ。どうせ警察も事情聴取の最中だろうし」

「わかりました。早速電話します」

橋本が立ち上がると、伊東は憂えるような目で、励ましの言葉を投げかけた。

「少年事件は厄介だと思うが、いい経験になるから頑張れ。人が死んでるし、被害者と加害者双方に親がいて、全員が心を痛めている。情を忘れず、流されず、冷静に真相を見極めるよう努めること。まずは被疑者の子供たちと信頼関係を作り、心を開かせる。それが一番だ」

「はい」橋本は重くうなずき、部屋を出た。ひとつ深呼吸する。検察官は独任制官庁であることを今更のように実感し、その重責に身震いした。自分のような新米でも独立した職権行使が認められている。そんな職業はほかにない。

窓の外の中庭では蟬《せみ》が怒ったように鳴いていた。梅雨が明けたら、もっとうるさくなるのだろう。

県央地区の一時保護所は、地検から車で十五分ほどの児童相談所に併設されていて、公民館を思わせる古い平屋建てだった。施設に足を踏み入れるのは初めてだ。玄関口には竹の枝が左右に置かれ、子供たちの手作りによる七夕の飾り付けがなされていた。カラフルな短冊にはそれぞれの願い事が子供らしい字で書いてある。《今年こそ25メートル泳げますように》などという文言につい頬が緩む。

橋本はまず所長室に行き、挨拶をした。実直そうな所長は、やってきた検事の若さに少し驚いた様子だった。早速、少年たちが事情聴取されている指導室へ案内される。所長は道すがら、所内の現状を説明した。

「一時保護所は現在、三歳から十五歳までの男女十二名の子供たちがいます。その内被虐待児は六名で……」

なるほど、ここは子供の避難所なのだと、橋本は当たり前のことを思い知った。

せっかくなので、部屋も見せてもらった。六畳の和室には、家具が何もなかった。ここに四人が寝泊まりするという。

「狭くてストレスが溜《た》まりやすいんですね。よく喧嘩《けんか》が起きます」と所長。

「市川と金子もここに？」

「いえ。二名には警察からの要請で個室を与えています。長くはならないんでしょ？」

「……そうですね。きっと」曖昧な答え方しかできなかった。

「それから、事情聴取にはうちのケースワーカーを同席させていただきたいのですが。刑事さんにもそうしてもらってます。隅で見ているだけですから」

橋本は少し返事に詰まったが、「わかりました」と何食わぬ顔で答えた。ここは県の施設なので、自分には何の強制力もない。

指導室をひとつ用意してもらい、先に桑畑署の少年係から取り調べ状況の説明を受けた。二人は当初状況が把握できず、ただ戸惑うばかりだったが、いじめの事実を突きつけ、これは犯罪だと叱ると徐々に蒼《あお》ざめ、しおらしい態度を取るようになったという。ただし口数は少なく、雑談にも乗ってこないとのことだ。やっと仲間の死を認識し、事の大きさにショックを受けているのではないかというのが、少年係の抱いた印象だった。逮捕された二名も似た様子だと言うから、ごく自然な反応なのだろう。

しばらくして、まずは市川健太が入ってきた。不良めいた感じはない。体は大きい方だろうか。平均よりは大人びた中学生である。

「初めまして。検事の橋本です」橋本は笑顔で声をかけた。市川が警戒した表情で小さく頭を下げる。

「検事ってわかる？　刑事じゃないよ。どういう字を書くかっていうとね……」丁度部屋にホワイトボードがあったので、マジックで漢字を書いた。「警察が捕まえた被疑者を裁判にかけるかどうか判断して、裁判では有罪を立証するというのがぼくらの仕事だ。もっとも、君は逮捕されていないから、ぼくの出番はないんだけどね。どうして会いに来たかというと、坂井瑛介君と藤田一輝君のことを知りたいからだ。とくに坂井君とは小学校のときからの親友らしいね。どんな子？」

返事を促すも、市川は下を向いたままだった。

「話したくないのか。ケチだなあ。それくらい教えてくれたっていいだろう」

「いい奴です」市川がぼそりと口を開いた。

「そうか。いい奴か。どんなふうに？」

市川が考え込む。「友だちを裏切らないし、卑怯《ひきょう》なことをしないし
……」

「うん、うん。じゃあ、どうしていい奴が、名倉君をいじめたりする

んだ」

「名倉君をいじめたのは全員です。ぼくもやったし、ほかの子もやったし……」

「じゃあ聞くが、どうして名倉君をいじめた」

また市川が黙った。言いたくないのではなく、答えに窮しているといった感じである。

「ゲーム感覚か。面白いからか」橋本がたたみかける。

むずかしい顔で首をひねった。

いじめの原因については、逮捕された二名からも満足な供述は得られていなかった。もっとも、その点について橋本は重要視していなかった。中学生のいじめに理由はない。自分の頃からそうだった。風向きひとつなのだ。

拒絶の態度はなかったので、少し雑談を試みたが、反応は鈍かった。名倉祐一が死んだことと、自分が児童相談所に送致され、自由を奪われたことに大きなショックを受けていて、頭が混乱したままの様子に見えた。聞くと、夜は眠れず、食事はほとんど喉を通らないらしい。

そして肝心の七月一日の放課後のことになると、暗い声で「先に帰りました」と「知りません」を繰り返すばかりで、途端に対話は袋小路に入った。

印象として、市川はごく普通の十三歳に思えた。資料を見ても、特殊な幼少期は送っていない。平凡なサラリーマン家庭の長男だ。成績は上位。一年のときはクラス委員もしている。つまり、ちゃんとしているということだ。

「坂井君と藤田君が逮捕されたことはどう思う」

橋本がそう聞くと、市川は悲しそうな顔になり、「同じことをしたんだから、同じに扱って欲しいです」と訴えた。

「君も逮捕されたいのか」

「それでもいいです。ただし、名倉君の背中をつねった子はほかにもいるから、そっちも逮捕してほしいです」

「何を言うか。一年生のテニス部員は、坂井に命令されて名倉君をつねったそうじゃないか。調べはついているぞ。それは教唆と言って、立派な罪だ」

橋本が指でコンコンと机をたたいて言う。市川は顔を赤くすると、初めて言い返した。

「でも、坂井は母子家庭だから、あいつが少年院とかに入ると、おばさん、可哀想《かわいそう》だし……」

「そうか。君は他人思いだな。でもな、肝心の人を忘れてるぞ。今、一番悲しんでいるのは名倉君のご両親だ。そうだろう。大事な一人息子がこの世から消えた。この絶望感を少しは想像してみろよ」

市川が黙りこくる。

「それから最大の悲劇は名倉君が死んだことだ。もう帰ってこないんだぞ。君と同じ十三歳で、残りの人生を失ったんだ。遊ぶことも、笑うことも、感動することも、何もできない。なあ市川君、どう思う」

市川は奥歯を嚙《か》みしめ、鼻息を漏らした。

「名倉君を気の毒だと思うなら、すべてを正直に話すことだ。今うそをつくと、君らは一生、うそをつき続けなきゃならんぞ。それは辛《つら》い人生だろう。幸いなことに、君らはまだ若い。いくらでもやり直しがきく」

「うそはついてません」市川が声を震わせて言った。「本当に、先に帰ったんです」

「じゃあ、どうして名倉君は銀杏の木の枝に飛び移るなんて危険な真似《まね》をした」

「知りません」

「それじゃあ世間は納得しないぞ。テニス部員やクラスメートだって信じてはくれないだろう」

「信じてくれなくてもいいです」

市川の顔は完全に強張《こわば》っていた。ここで追い込むと、心を閉ざす危険がある。

「そう頑なになるな」

橋本は口調をやわらげ、表情を観察した。彼の言葉は真意なのか、演技なのか。

部屋の外からカレーの匂いが漂ってきた。今日の給食はカレーらしい。廊下でチャイムが鳴った。隅の椅子に腰かけているケースワーカーを見たら、口の端だけで微笑《ほほえ》んだ。

「よし、ヒヤリングは終わりだ。ところで君は坂井君とは親友らしいな。今日彼に会うが、何か伝えることはあるか」

市川が顔を上げた。数秒考え込んでから、「キャンプのときはぼくが間違ってたと伝えて下さい」と、はっきりとした口調で言った。

「キャンプ？　何のことだ」

「六月に学校行事で河原の掃除とキャンプがあって、そのときのことで、ちょっと口論になって、これまでちゃんとケリをつけてなかったから」

「ずいぶん突拍子もない伝言だな」

「じゃあいいです」

「……いや、伝えておこう」

「ありがとうございます」

「また会うことになると思う。ぼくの名前を憶《おぼ》えておいてくれ。検事の橋本だ」

市川は返事をせず、こくりとうなずいた。

ケースワーカーが指導室の扉を開けると、いっそうカレーの匂いが鼻をくすぐった。あちこちで子供たちの甲高い声と廊下を走る音がする。

橋本は、甘くはないかとひとりごち、深く吐息をついた。収穫はなかった。もう一人の補導された生徒、金子修斗と話しても、似たようなものだろう。

市川は背中を丸めて部屋を出て行った。

坂井百合は自宅で、息子のための弁当を作っていた。弁護士の堀田を通じて警察に頼んだら、弁当の差し入れがいとも簡単に認められたからだ。やはり弁護士の力は凄《すご》いと思った。自分だけなら何を言っても相手にしてもらえない。

奮発してトンカツとエビフライを揚げた。ポテトサラダとフルーツを添え、大きなおにぎりを四個握った。瑛介は家では毎晩二合のご飯を食べる。母子二人暮らしなのに。十キロの米がすぐになくなるのだ。

瑛介の逮捕以来、食欲はまったくなかった。口に入れたのは、コンビニで買ったサンドウィッチとヨーグルトぐらいだ。百合は、何も手に着かないという経験を初めて味わった。風呂を沸かすのも面倒で、シャワーで済ませている。来客があるといけないので布団はたたむが、掃除はしていない。髪もとかしていない。ただ考え事をし、最悪の事態に脅えている。

自分の生きがいは息子だと、あらためて痛感した。瑛介には瑛介の人生があるのだから、この先ちゃんと子離れしようとは思っているが、実際にこの手から奪われると、生きる気力すら失ってしまう。もし瑛介が死んだら、自分も死ぬだろう。少なくとも、生きていたくない。

作った弁当をトートバッグに入れ、鏡に向かって簡単な化粧をし、部屋を出た。駐車場へ行く途中、団地の自治会の人たちが草むしりをしていた。横を通るとき挨拶をすると、普段は親しげに声をかけてくるのに、今日はよそよそしい態度で会釈を返された。瑛介が逮捕されたことは団地の住人みなが知っている。田舎は噂から逃れられない。

車に乗り込み、警察署を目指した。もしかしたら瑛介に会えるのではないかと、甘い空想もしている。刑事が同情してくれたとか、疑いが晴れたとか。そうやって自分を励まさないと、一人でいるのが辛《つら》すぎる。

ゆうべ、堀田と電話で話したとき、「もうすぐ釈放されるから、そう脅えなさんな」とぶっきらぼうに言われた。初犯の少年事件で、傷害容疑程度で、それを認めていて、勾留請求はありえないという説明だった。その言葉は大いに励みになった。

その先のことを聞くと、堀田は「どうなるのかねえ。警察と検察があきらめてくれるといいんだけど、連中もしつこいからねえ。ま、長引くこともあるから、油断はしないように」と、他人事のように言っていた。

堀田は最後にはこんなことも付け加えた。

「坂井さん、お金のことなら心配しなくていいから。正規に請求しても払えないんでしょ。長引いたら、その分は富山先生が払うって言ってるし、甘えるといいよ」

百合はただ「はい、はい」と聞くだけだったが、電話を終えてからじわじわと屈辱感がこみ上げ、悔しくてゆうべは眠れなかった。あんたなんかには頼まないと啖呵《たんか》を切れたらどんなにスカッとすることだろう。しかし、今の自分にはほかの弁護士を探す当てもお金もない。

ここ数日、百合は母子家庭の心細さをいやというほど味わっていた。離婚したことは後悔してないが、誰か話し相手がいてくれたらどれほど救われるだろうと思う。女だと軽く見られるので、いっそう孤独を感じる。

桑畑署に着き、一階の受付で刑事課の古田課長を呼んでもらった。ちゃんと弁当が届くように、役職のある人に頼みたかった。

一分と経《た》たず、古田がサンダル履きで現れた。団扇《うちわ》を片手に、迷惑そうな表情で廊下を歩いてきた。

「弁護士の先生から聞いてます。弁当の差し入れでしょ。一応決まりなんで、中を改めさせてもらいますよ」

脇の応接テーブルを指差し、そこで開くよう指示した。

百合が包みを開けて見せる。「坂井さん、これ一食分？」古田が苦笑いした。

「瑛介はいつもこれくらい食べるんです」百合が訴えた。

「じゃあ、逮捕されて食欲がなかったのかな。ぼくらと同じ仕出し弁当で満足してたから」

「食欲ないんですか？」

「だから弁当は平らげてましたよ。夜もちゃんと寝てます。ご心配なく」

古田は弁当の中身を点検すると、女子職員を呼び、階上へと持っていかせた。続いて百合に着席を促す。

「坂井さん、ついでに聞きたいんですが、七月一日の夜、瑛介君はどんな様子でしたか」

自分も腰を下ろし、ハンカチで首の汗を拭いながら聞いた。

「いつも通りでした」百合がぞんざいに答える。

「まあ、そう面倒臭がらずに。もう少し詳しくお願いしますよ。一日の夜、あなたは仕事を終え、午後五時半に帰宅した。そのとき瑛介君は？」

「自分の部屋で勉強してました。試験前ですから」

「それで？」

「晩御飯を作って、六時半から二人で食べました」

「どんな会話をしましたか」

「とくに会話は交わしません。テレビを見ながらの夕食です。中学生なんてそういうものでしょう。課長さん、お子さんは？」

「小学生の子供が二人いますがね」

「じゃあ今のうちに子供との会話をしておいた方がいいですよ。中学生になったら親とは口を利きませんからね」

「はは。そうですね。もっとも刑事の家庭はどこも母子家庭みたいなものだけど……」古田が頭を掻《か》いた。「で、その晩、瑛介君に変わった様子はなかったんですか。そわそわしてたとか、顔色がすぐれなかったとか」

「だから、いつも通りでした」

「誰かと連絡を取り合っていませんでしたか」

「それは知りません。瑛介の携帯電話はそちらがチェックしてるんじゃないですか」

「じゃあどこかへ出かけたとか」

「それもありません。朝まで家にいました」

「で、朝になって、おかあさんから名倉君が死んだことを知らされた、と」

「そうです。青くなってました。だから事故です」

百合が早口でまくしたてる。言葉とは不思議なもので、事故だとはっきり主張したら、そんな気になってきた。それと、怒りながらも、話し相手がいることにどこか気持ちが癒されている。

「ちなみに、逮捕・補導された生徒のおかあさん同士、連絡は取り合っているんですか」

「市川さんとだけは電話で話してますけど」

「どんなことを？」

「どんなことって、お互い不安だから、慰め合ったり、励まし合ったり……。ほかに何を話すっていうんですか」

百合がつばきを飛ばして言った。

「まあ、そう怒らないで。じゃあ、同じく逮捕された藤田一輝君の家の人とは、連絡を取っていないわけですね」

「そうです」

「じゃあ、堀田弁護士は誰に紹介されたの？」

「堀田さんから電話がかかってきたんです。まとめて弁護したほうがいいから、自分に任せてくれって」

「なるほど。しかし、立ち入った話で失礼ですが、母子家庭に弁護士を雇う費用は大変でしょう」

古田がここだけ声を低くして言った。

「本当に失礼ですね。余計なお世話です」

百合は目を吊《つ》り上げて抗議した。

「いや失礼。取り消します。ただね、老婆心ながら、あの堀田という弁護士はかなり強引で癖のある人物なので、合わないと思ったら断ったほうがいいですよ」

「どういうことですか？」

「いや、言葉通りですよ。被疑者家族が弁護士に振り回される例を、わたしはいくつも見てますからね」

古田が表情を変えず、もっともらしいことを言った。刑事が被疑者家族の心配をするとは思えない。だから堀田と自分を分断したいのだと百合は判断した。

「今課長さんが言ったこと、そのまま堀田さんに伝えてみます」

「そんな、意地悪しないで」途端に顔をしかめた。「わたしが言いたいのは、お子さんの将来のためには、すべてを正直に話して、反省し、罪を償い、この先の人生に傷を残さないほうがいいだろうということですよ。まだ十四歳じゃないですか。いくらでもやり直しがききますよ」

「うちの子は正直な子です。あの子がやっていないと言ったら、やっていないんです」

百合はますます腹が立ち、目の前の刑事に言葉をぶつけた。そして言いながら、自分は案外たくましいなと、こんな事態なのに少し自信が湧いた。初めての危機に、当初はうろたえるばかりだったが、こうして対峙《たいじ》すればちゃんと戦えるのだ。

弁当を届けに来てよかったと思った。家に一人でいたら、不安にさいなまれていただけだろう。

百合は古田を相手に、三十分以上しゃべり続けた。


坂井瑛介と藤田一輝の二名を傷害容疑で送検したのは午後一時だった。豊川康平は、近所の蕎麦《そば》屋からカツ丼の出前を取り、後輩の石井と二人で遅い昼食をとっていた。署の当直室には、たばこを吸いに来た生活安全課のベテラン少年係がいて、豊川相手に刑事課の捜査のやり方を非難した。

「目撃者もいないのに、非行歴もない中学生をいきなり身柄事件にするやつがあるか。駒田は昔からそうだ。見立てが強過ぎるんだよ」

桑畑署の古株で、駒田署長より年上なので遠慮なしだった。おまけに刑事課と生安課は、昔から署内で張り合うようなところがあり、舌《ぜっ》鋒《ぽう》はいっそう鋭くなる。

「子供たちの口裏合わせを防ぐためとか言ってるが、そんなもの、おれに言わせりゃあ自信のなさの表れよ。子供たちとじっくりと向き合って、信頼関係を築けば、奴らだってそうそうひどいうそはつかねえんだ。おまえら知ってるか。子供ってのは大人以上に人を見るんだよ。でもって甘えられる人を探すんだよ。刑事課はそういう人情の機微がまるでわかってねえ」

確かにこの少年係は、地元の不良少年たちからは〝オヤジ〟と呼ばれ、慕われていた。しかしここで人情を説かれても、豊川たちには困るのである。

「おまけに担当検事は新任の若造だっていうじゃねえか。どういうつもりかねえ。目撃証言は出てこないんだろう？　自供が頼みの綱と言うなら、もう少しじっくり取り調べないとねえ。恥をかくのは駒田自身だよ」

「じゃあ駒田署長に言ってくださいよ」

石井がカツ丼をかき込みながら、冗談口調で言い返した。

「それがだな、駒田はいつもおれを避けんだよ。お前たち気づかないか。捜査会議のときだって、絶対におれと目を合わせないようにしてるだろう。昔の自分を知っている人間が煙たいんだろうが、署内の意見を聞かずに、本部ばかり見て仕事するのもどうかと思うねえ」

ベテラン少年係が、たばこの煙を天井に向けて吐いて言う。

豊川は大急ぎで食事を終え、石井に顎をしゃくった。「おい、行くぞ」上着を手に立ち上がった。

「わかりました」石井があわてて最後の一口をかき込む。

「何だ、また聞き込みか。仕事熱心なのは感心するが、それより子供たちの心を開かせるのが先決だぞ。いいか、少年犯罪捜査ってものはな――」

「今度じっくり勉強させてもらいます」

豊川が言葉を遮り、二人で逃げるように当直室を後にした。

「たまらねえなあ、オヤジの説教は」石井がつぶやく。

「こら。年長者は敬っておけ」豊川がたしなめる。

建物を出た途端、むっとする湿気が肌に絡みついた。早足で裏の駐車場へと向かう。

「で、先輩。これから地取りですか？」

「二中に行ってみようと思ってる」

「生徒のヒヤリングですか？」

「そうじゃなくてもう一度現場を見たいんだよ。現場百回だ」

「わかりました」

車を表に回すと、正面玄関前には記者たちがたむろしていた。少年たちが送検され、これから署での記者会見が開かれるようだ。もちろん発表される内容は傷害容疑のみである。マスコミもそれを知っているから緊張感はない。

空は相変わらずの曇天だった。最後に青空を見たのは、いったいいつだったか。山の木々までのっぺりとしてどす黒かった。

桑畑二中はちょうど下校時間だった。試験前なので部活は休みらしく、生徒たちが一斉に校門から吐き出されてくる。名倉祐一が死んでまだ三日だというのに、生徒たちの表情に暗さはなかった。大声で騒ぎ、ふざけ合っている。やはり中学生は子供なのだと痛感した。

職員室で校内立ち入りの許可を求めると、坂井瑛介の担任である飯島が豊川を見つけ、硬い表情で駆け寄ってきた。飯島は豊川の高校時代の同窓生だ。

「ご苦労様です。坂井瑛介はどうなった？」

「午後一時に送検されたけど。こっちに連絡は入ってない？」

「いや、学校には入ってない。それは傷害容疑？」

「ああ、そうだけど」

「じゃあ、名倉君が死んだことへの関わりについては、まだわかってないんだよね」

「申し訳ないがそれは言えないなあ。検察の取り調べもあるし」

職員室にいた教師たちが心配そうにやりとりを聞いていた。子供たちの明るさと対照的に、大人はみな沈み込んでいる。

豊川が、部室棟を見たいので鍵を借りたいと申し出たら、飯島が「ぼくが開けよう」とついてきた。男三人で渡り廊下を歩く。

「坂井はどんな様子かなあ。差しさわりのない範囲で教えて欲しいんだけど」

早速という感じで飯島が聞いた。

「とくに動揺したり、落ち込んだり、そういう感じはないかな。黙秘というわけではないんだろうが、黙ってばかりだから、こっちも取り調べには苦慮してるよ」

「あいつは口下手なんだよ。思ったことをうまく言えないんだ」

「そうだろうね。おれもそういう印象を持った」

部室棟に行くと、ベンチの前で、不良っぽい格好の男子生徒が数人たむろしていた。「おい、試験前だぞ。早く帰れ」飯島が注意する。ツッパリたちは反抗的な態度でせせら笑い、ズボンを引きずって帰って行った。

「ところで試験は予定通り？」豊川が聞いた。

「そう。来週の月曜から。教師も試験の作成に追われてるんだけど、警察のヒヤリングがあったりして、ちっとも集中できなくて」

「ああ、すまない。こっちも仕事なんだ」

「いや、当然だから気にしないで」

外階段を上がり、男子テニス部の部屋に行った。鍵を開けてもらい、中に入る。数日分の熱がこもっていてまるでサウナだった。飯島が窓を開けて空気を入れ替える。

少年たちの供述によると、あの日の放課後、名倉祐一を含む五人は部室に集まり、おしゃべりをし、その後屋根に上がったということだ。

目的はとくになく、見晴らしがいいから、ちょくちょく上るとの説明だ。

「飯島先生。屋根に上がってもいいですか」豊川が聞いた。

「呼び捨てでいいよ。元同級生に先生って呼ばれるのも妙な感じだし」

「わかった。で、上がっていいかな」

「いいよ。昨日も若い検事さんが学校に来て上ったよ。現場を知りたいからって」

「若い検事って、橋本さん？」

「ああ、そうそう。おれらより若いんじゃない？」

「確か二十八かな。春に来たばかりの検事だよ」

豊川は部室を出て、外廊下の角の手摺《てすり》から屋根を見上げた。上り方は坂井から聞いていた。手摺に乗り、柱を伝ってよじ登るのだ。てのひらの汗をズボンで拭い、慎重に試みると、割と簡単に上ることができた。身軽な中学生なら、難なくこなしそうだ。石井と飯島も後に続き、三人で屋根に立った。

屋根の上から銀杏の木を臨むと、丁度握手でも求めるように一本の太い枝がこちらに向かって伸びていた。下を見ると怖いが、距離はそれほどではない。だから度胸試しにうってつけなのだろう。

「なあ、豊川」飯島がぽつりと言った。「おれらの頃、いじめってあったかな」なにやらすがるような口調だった。

「そりゃああったさ。暴力、無視、からかい。いつの時代にもあることだろう」

「君は誰かをいじめたことがあるか」

「いや……ないと思う。野球部の後輩をしごいたりはしたが、あれは伝統みたいなところがあるし……。少なくとも弱い者いじめはしてないと思う」

豊川は昔を思い返し、静かに答えた。

「おれな、今の中学生は携帯電話とネットがあるから、教師ながら生徒を気の毒に思うときがあるんだよね。こんなことを言うと問題発言かも知れないけど、昔ならクラスで発言権も与えられなかった地味な子たちが、自由にものを言えるようになっちゃって、彼らは生身の人間を充分経験してないから、死ねだの、ゴミだの、ひどい言葉を平気で発信するわけよ」

「今回も、学校裏サイトとやらはひどいことになってるらしいね。おれは見てないけど」

「ああ、ほとんどリンチだね。大人なら目をそむけるけど、それでも子供たちは、チェックしないではいられないんだよな。一人でいるという選択肢がない。中学生という生き物は池の中の魚みたいなもんでさ、みんなで同じ水を飲むしかないんだよ」

飯島が悲しそうに言う。豊川もその通りだと思った。これまでの捜査の印象からしても、名倉祐一は自分からグループに飛び込んでいる。坂井たちがうるさがっても、後をついて歩いている。おそらく坂井たちのグループから離れれば、別のグループからいじめに遭うのだろう。

子供の世界は、それはそれで過酷なのだ。

「しかし、生徒が死んだり逮捕されたりっていうのは、教師にとって最大の悪夢だなあ。飯が喉を通らない。おれは一日一キロずつ痩せてるよ」

飯島の弱音ともとれる言葉に豊川は答えなかった。同情はするが、警察には警察の使命がある。相手が少年でも、手心を加えるわけにはいかない。

「おい、石井。おまえ、あの枝に飛び移れるか」豊川が後輩に聞いた。

「やってみましょうか」石井が平然と答える。

「おまえ体重何キロだっけ」

「八十キロですけど、大丈夫でしょう」

石井が屋根の端まで歩いた。下をのぞき、足元を確認し、勿体《もったい》をつけることもなしに軽くジャンプした。さすがは柔道の有段者、大柄でも身は軽い。

大人の太腿《ふともも》ほどはある銀杏の枝に飛び移り、ぶら下がった。ゆさゆさと枝が揺れ、葉っぱが数枚宙に舞った。

石井は懸垂で体を持ち上げると、右足を枝にかけ、よじ登った。

「ざっとこんなところですが」枝にまたがって言う。

「おまえが中学生ならよろこんでやりそうだな」

「ええ。たぶん。女子の前だったら恰好つけて何回でもやるでしょう」

「おれもやろうかな。石井、奥へ移動しろ」

豊川は自分も試してみたくなった。

屋根の端に立つと、一瞬背中がひんやりした。呼吸を整え、強く屋根板を蹴り、枝に飛び移った。ぶら下がったところで下を見た。真下にはコンクリートの側溝があった。名倉祐一はここから転落し、頭部を強打したのだ。

同じように懸垂して体を持ち上げ、枝によじ登った。この行為にはある程度の腕力が必要だった。非力な中学生には、ちょっときついかもしれない。ぶら下がったまま、上ることも出来ず、枝を伝って幹に移動することも出来ず、力尽きて落下する。あるいは、よじ登ろうとして、もがいて、手が滑って落下する——。

「おれもやる」飯島が思いつめたような顔で言った。

「大丈夫？　おれらは日々体を動かしてるからいいけど、おまえは運動してないだろう。学生時代のイメージでやると危険だぞ」

「わかってるよ。もう三十だしな」

飯島がてのひらをこすり合わせ、飛び移る体勢を取るので、豊川はあわてて幹の方に移動した。

飯島は気負い過ぎで、勢いよく飛び移ったため枝が大きくしなった。危なっかしい手つきでよじ登る。大人三人が銀杏の枝に乗っかる形となった。

「なあ豊川。おれのクラスの坂井と市川はどうなる」飯島が言った。

「知らん。おれが決めることじゃない。でもな、部室棟の屋根に上って、自分たちだけ先に帰って、名倉祐一が一人で木に飛び移ろうとして落ちて死んだじゃ世間は誰も納得しないぞ。しかも日頃からいじめていた事実があるんだからな」

「警察はそんな疑いだけで逮捕するのか」

「誤解するな。逮捕は傷害容疑だ。それは証拠もあるし、本人たちも認めている」

豊川が言い返すと、飯島は不服そうな顔で黙った。

葉っぱがパラパラと音を立て始めた。三人で空を見上げる。また雨が降ってきたようだ。

市川恵子は数時間前からおくびが止まらなかった。何も口にしていないのに、食道がつかえる感じがして、中の空気を吐き出さないと、胸が苦しくなるのだ。これもインターネットで調べたら、「呑気症《どんきしょう》」という病気だと判明した。無意識の緊張から空気を体内に取り込み過ぎ、代償としておくびを吐き続ける神経症の一種なのだそうだ。

この苦しい状況から、いつになったら脱け出せるのか。健太が児童相談所に送致されてから、まだ二日しかたっていないのに、気分的には一週間ぐらい離れ離れにされている感じがした。

窓の外ではそろそろ日が暮れかかっていた。雨が降っているから、空を赤く染めることのない、灰色が濃くなるだけの夕時だ。

娘の友紀は子供部屋にこもっていた。小学校から帰ってくると、いつもなら市民公園の中にある児童館へ遊びに出かけるのだが、「宿題があるから」と家にいた。兄が補導され、家族に一大事が降りかかっている状況を、子供なりに感じている様子だ。だいいち明るさがない。おやつをねだることもない。

学校はどうだったと聞くと、「普通」という答えが返ってきた。娘に隠している様子はない。それで一応安心することにした。小学校では、名倉祐一の転落死のことは話題になっていない。

今夜、中学校では臨時ＰＴＡ総会があるそうだが、結局、恵子のところには通知のメールが届かなかった。要するに、逮捕・補導された生徒の保護者は省かれたのだ。自分のいないところで息子の話をされるのかと思ったら、胸に突き刺すような痛みが走った。この先、ＰＴＡの中でうまくやっていけるのだろうか。村八分にされる光景が、容易に想像できる。

夕食の支度をしなければならないので、重い体を引きずって台所に立った。夫の茂之からは残業で食事はいらないとのメールが早々にあった。そのときも、恵子は苛立《いらだ》ちを抑えるのに苦労した。いったい息子の危機を、夫はどう考えているのか。

手のこんだ料理を作れる心境ではないので、ご飯を炊き、豆腐と揚げの味噌汁《みそしる》を作り、レトルトのハンバーグを温めることにした。あと一品、ポテトサラダを作りたかったが、気力が湧かないのであきらめた。友紀にはゴメンと心の中で詫びた。自分は夕食も抜きだ。

考えてみれば、今日は一日どこにも出かけなかった。洗濯だけすると、掃除も買い物もさぼり、ずっと家にいてインターネットで情報を仕入れたり、考え事をしたりしていた。おなかがすくわけもない。

夕食の支度が出来て、階段の下から友紀に声をかけた。娘の前でだけは明るく振る舞いたいので、深呼吸してから名前を呼んだ。

下りてきた娘は、当然ながら元気がなかった。テーブルの料理を見て、母親の手抜きをすぐに見破り、余計に口数が少なくなった。

「おかあさん、おとうさんが帰ってきたら一緒に食べるから、友紀ちゃんだけさきに食べて」

「うん」友紀は文句も言わず、黙って食べた。

沈黙が重苦しく、居間のテレビをつけた。この時間はどこもニュース番組ばかりなので、衛星放送に変えると、どうでもいい旅番組を流していた。親子でぼんやりと眺めていた。

そのとき電話が鳴った。「きゃっ」びっくりして、恵子は思わず声を上げてしまった。心が弱っているから、ちょっとした音が落雷並みに聞こえる。

出ると、警察からだった。今度は何だ。心臓が早鐘を打つ。

「桑畑署の古田と申します。さきほど児童相談所の所長と話をしまして、本日をもって市川健太君の一時保護所預かりを解くこととなりました。健太君は一旦うちの署に連れてきて、そこで携帯電話を返却し、家に帰ってもらいます。市川さん、七時ぐらいに署まで迎えに来られますか？」

「はい？　ええと、うちの健太は……」

恵子はしどろもどろになった。相手の言っていることが、頭の中を素通りし、内容を判断することも出来ない。

「だから釈放です。あ、いや、逮捕はされてないから、釈放じゃなくて一時保護解除。うちから児相に話をして、所長さんが許可しました。わかりますか？」

「ええと、じゃあ、健太を家に帰してくれるんですか」

健太が帰ってくる――。体中が一瞬にして熱くなった。

「そうです。ただし、わたしたちの捜査はこれで終了したわけではありません。今後もいろいろ聞きたいことがあって、警察に出向いてもらうこともあるかと思いますが、その際はどうかご協力願います」

「友紀ちゃん。お兄ちゃん、これから帰ってくるって」恵子が娘に言う。

「ほんと？」友紀が声を弾ませた。

「ちょっと、市川さん、聞いてますか。息子さんは十三歳で、本案件に関して今後も逮捕されることはなく、わたしたちに取り調べの強制力はありませんが、真相が解明されたわけではありませんので、今後は任意でご協力いただくことになると思います。その際、検察のほうからも事情聴取の申し入れがあるかもしれませんが、何卒《なにとぞ》ご協力を願います」

「あ、はい」

恵子は頭に血が上り、のぼせてしまった。これから健太と会える。そのことだけが頭の中を支配している。

「今日は名倉祐一君の告別式でした。親御さんは悲しみに暮れていらっしゃるし、納得がいかないと思います。その点はぜひともご配慮ください。おたくの息子さんは、罪には問われませんが、いじめの加害者です」

古田が何か言っていたが、内容の半分も耳に入らなかった。そうだ、健太はおなかをすかして帰ってくるのだろうか。

「あの、うちの子、晩御飯はまだですか」

「さあ、わかりませんねえ。知りたければ児相に電話して聞いてください」

「そうですね、わかりました。ありがとうございます」早口で返した。

「市川さん、わたしの話、聞いてもらえた？」古田が尖《とが》った声を発する。

「聞いてます、聞いてます。それじゃあ七時に行きます」

「ではお待ちしてます」

電話が切れた。恵子はあらためて友紀に健太が帰ってくることを告げ、思わず二人で手を取り合った。うれしくて跳びはねてしまいそうだ。早速、茂之に電話をしなければ。今度こそ家庭を優先してもらおう。

また電話が鳴った。ディスプレイを見ると、坂井百合からだった。

今日二回目だ。ひょっとして、瑛介君も解放されたのか――。

二秒ほど迷い、受話器を取った。

「あ、坂井です。今警察から電話があって、今夜うちの子が釈放されるみたいです。健太君はどうですか？」

挨拶もなく、いきなり百合の興奮した声が飛び込んだ。よかった。

瑛介君も家に帰れる——。

「うちも帰ってくるの。これから桑畑署に迎えに行くところなの」

恵子の声はいっそう大きくなった。

「よかった……」百合は感極まったのか涙声だった。「わたしね、このまま息子が留置場に入れられたらどうしようかって。そんなことを考えたら、この二日間、食事も喉を通らなかったし、眠ることも出来なかったし……」

「わたしも一緒。息子は何があっても毎日家に帰ってくるものだと思ってたから、警察に取り上げられたときは、もうパニックになって……」

「警察には、これからも任意の取り調べがあるって言われたけど、瑛介は絶対に何もしてないから、わたし断固として戦う」

「うん、わたしも。瑛介君も健太も、何もしてないものねえ」

「家に帰ってくればこっちのもの。弁護士の先生だっているし、法律だってあるんだし、警察が何を言ってこようと、世間からどういう目を向けられようと、わたしは瑛介を守ります」

「そう、そう。人の目なんか気にしちゃだめよね。わたしだって、健太が正しいと思ってるし」

二人で熱く語り合った。これまで抑えられていた感情が一気に溢《あふ》れ出て、興奮してしまったのだ。

恵子は心から安堵《あんど》し、体中の緊張が解けていった。我が子の安全がすべてだ。それに勝るものはない。たとえ世界がどうなろうと。

この世で一番大切なものは何か、恵子は改めて痛感した。

8

桜はもう散ったというのに、その日の朝はコートが欲しくなるくらい冷え込んでいた。安藤朋美は、かじかむ手をときどき息で温めながら自転車を漕《こ》いでいた。空気が澄んでいるので、田圃《たんぼ》の向こうには山地の稜線《りょうせん》がきれいに見える。ひばりのさえずりもいっそう甲高く響いた。農道では近所のおじさんが農作業の準備をしていた。

「トモちゃん、今日から学校？」

「はい、そうです」

「がんばってね」笑顔で見送られた。

今日から中学二年生。新しい学年が始まる。一番気になるのはクラス替えで、親友の中川愛子《なかがわあいこ》とまた同じクラスになれるかどうかである。春休み最後の昨日は、二人で願をかけに町の神社に行った。おみくじを引いたら二人とも大吉だったので手を取り合ってよろこんだ。果たしておみくじは当たるのか。四クラスあるから、確率は四分の一だ。

もうひとつ、担任が誰になるかも気がかりだった。一年生のときの担任は清水華子という数学教師で、すぐ怒るのに閉口した。試験の平均点が低かったときなど、それをクラスで討論させ、責任追及までするのだ。担任はもう少し大らかな先生がいい。生徒と一緒に笑ったり、泣いたり、むきになったりする先生がいい。

校門では校長先生自らが、挨拶に立っていた。「おはよう！」と元気一杯の声を生徒一人一人にかけている。四月の始業式は、入学式の日でもある。校長先生にはお正月みたいなものなのだろう。

体育館横の駐輪場に自転車を停《と》め、中庭に向かった。ここの掲示板に新しいクラス分けが発表される。午前八時を回ったばかりなのに、中庭にはたくさんの生徒が集まっていた。みんなクラス替えが気になるのだ。大袈裟《おおげさ》に言えば、これからの一年間が決まる運命の日だ。

「朋美。こっち、こっち」

人だかりの中から大声で名前を呼ばれた。愛子がすでにいて、手招きしたのだ。「きゃー」と声を上げ、駆け寄って抱き合う。中学生になってスキンシップする回数がやたらと増えた。女子はみんなそうしている。誰かと一緒じゃないと、裸にされたような不安を覚える。

「今朝のオハニューの星占い見た？」と愛子。テレビの占いコーナーのことだ。

「ううん。見てないけど」

「わたしは星二つ。朋美は星三つだった。二人合わせて星五つ。これってていいんじゃない」

「うん。いいかも」

「同じクラスになれるかなあ」

「なれる、なれる」

「北京《ペキン》原人から解放されるかなあ」北京原人とは、前の担任清水の綽名《あだな》だ。

「されるよー。そうじゃなきゃヤダ」

前方でどよめきが起こり、見ると、学年主任の中村が紙のロールを抱えて現れたところだった。たちまち新二年生の生徒たちが押し寄せる。

「こら、押すな。押すな」中村が呆《あき》れ顔で怒鳴った。ほかの教師もやってきて、四人がかりでクラス名簿を画鋲《がびょう》でとめた。

「おれC組だ！」

「なんだよ、担任また西村かよ」

「きゃー。サキと一緒」

それぞれが自分の名前を見つけ、悲喜こもごもの声が飛びかう。

朋美はすぐに自分の名前を確認した。端から順に見ていってA組だったからだ。そして愛子の名前はそこになかった。

「あーん。わたしB組。朋美と一緒になれなかったよー」

愛子が大声を発し、天を仰ぐ。朋美もくやしくて地団太を踏んだ。

そうしつつ、素早く担任の名前を確認する。国語の飯島だった。よかった。若くて面白くて好きな先生だ。

「ねえねえ、見てよ。しかもわたしの担任、また北京原人」

愛子が、この世の終わりのような顔で倒れかかってきた。

「最悪。もういや。不登校になりそう」

「大丈夫だって。隣じゃない。廊下で休み時間に会える」

朋美は愛子を抱きとめ、頭を撫《な》でて慰めた。

「どうしてこうなるのよ。加賀神社のおみくじも、オハニューの星占いも、もう絶対に信じない。期待ばっか持たせて。むかつく」
愛子は何度もため息をつき、盛大に嘆き悲しんだ。もっとも新しい出会いだってあるのだから、今度のクラスに期待する部分もあるのだろうが。

朋美は貼り出されたA組の名簿を目で追い、そこに坂井瑛介の名前を見つけた。やばいっ。テニス部の坂井瑛介と一緒だ――。体の奥がぽっと熱くなった。愛子の前なので何食わぬ顔をしているが、心の中ではざわざわと感情が波立っている。

一年生のときから気になっていた。放課後の部活でソフトボール部の練習をしていると、隣のテニスコートで凄《すご》いサーブを打つ背の高い一年生がいた。それが瑛介だ。

最初は怖そうに見えたので、遠くから眺めるだけだったが、あるときソフトボールを練習中のコートに入れてしまい、「ごめん」と謝ったら、瑛介は無言で投げ返してくれた。仏頂面だったが嫌そうな感じはなく、直感でやさしい男子だと思った。

それから数日後、今度は朋美が外野の守備練習でボールをうしろにそらしたら、コートの隅で瑛介が素振りをしていて、転がってきたソフトボールを、左手に持ったラケットでひょいとすくい上げ、器用に打ち返してくれた。あ、坂井君は左利きなんだ——。今さらのように気づき、それがなんだか恰好《かっこう》よかった。「ありがとう」と礼を言ったら、「へたくそ」と言い返された。口を利いたのは、その一回きりだ。

けれどそれ以来、瑛介は廊下ですれ違ったときなど、ちらりと朋美を見るようになった。そんな日は、一日うれしい。

愛子とは好きな男子を教え合ってきたが、瑛介のことは話してなかった。なんとなく、自分だけの胸にしまっておきたかった。人に教えるのが勿体《もったい》ない気がしたのだ。

「クラスを確認したら、各自教室に入るように。窓側前列から出席簿順に着席して待つこと」

中村が手を拡声器のように口に添え、指示を出した。生徒がぞろぞろと移動する。ざわめきがやむことはなく、喧騒《けんそう》はそのまま校舎に持ち込まれた。

朋美たちはそれぞれの教室に行っても着席せず、後方や窓際で知り合い同士おしゃべりを続けた。男子は廊下に溜《た》まっている。元々学年で四クラスしかなく、二つの小学校から上がってきただけなので、ほとんどは知った顔だ。

朋美は瑛介を目で探した。背が高いのですぐにわかった。廊下のロッカーに乗っかり、同じテニス部の市川健太と話をしている。ああ市川君も一緒なんだ——。一年のときも同じクラスだった。面白いことを言うので、みんなに人気があった男子だ。にぎやかなクラスになりそうで、うれしくなった。

始業のチャイムが鳴り、担任の飯島が現れた。「こらっ。何を騒いでいる。教室に入って待てと中村先生に言われただろう」元気のいい声で言い、入り口にいた男子のお尻を乱暴に叩《たた》く。

「先生。暴力反対」

「やかましい。とっとと席に着け」

ガタガタと椅子が動く音が教室に響き、各自着席した。

「みんな、おはよう。知ってる者もいるだろうが、初めての人には初めまして。ぼくの名前は飯島浩志。今日から一年間、君たちと一緒に学び、活動することになりました。どうぞよろしく」

飯島が明るく話し始めた。ただ生徒の顔をあまり見ず、おまけに早口なのは、先生も緊張しているせいだろう。それにいつもはしないネクタイを締めている。やっぱり特別な日なのだ。

「二年生は学校生活にも慣れて、後輩も出来て、一番伸び伸びと過ごせる時期だ。だから充実した一年を送ってほしい。先生は中学二年生のとき、小遣いをためてフォークギターを買った。もう夢中になって毎日練習した。残念ながらプロのミュージシャンにはなれなかったが、今でもギターは自分の人生の糧《かて》のようなところがある。この時期に夢中になったものは、一生の財産になるんだな。スポーツでも、楽器でも、読書でも、映画鑑賞でも、何でもいい。夢中になれるものをぜひ見つけてほしい。今日がみんなにとっての一年の始まりだ。言ってみれば、何かを始めるのに恰好の日和というわけだ」

飯島の話は、いい話だった。前の担任なら、真っ先に勉強のことで脅しただろう。

そうか、何かを始める日か。今のところソフトボールが一番だが、何か新しいことも始めてみたい。人生で一度しかない中学二年生なのだ。

飯島の話のあとは校庭に出て、始業式があった。寒いからみんな足踏みしたり、手をこすり合わせたりして校長先生の話を聞いた。新しい気持ちでこの一年を頑張りましょうといった普通の内容だ。それを聞き終えると、また教室に戻り、生徒の自己紹介に移った。朋美は姓が「安藤」なので、いつも一番にやらされる。

「安藤朋美です。ソフトボール部でセンターを守ってます。ときどきピッチャーもやってます。趣味はイラストを描くことです。これから一年間、よろしくお願いします」

ゆうべ考えた台詞《せりふ》をさらりと言った。女の子だから、様子のわからないうちは目立ちたくない。次は市川健太だった。

「市川健太。テニス部。趣味はゲーム。以上」

三秒で終え、クラスがどっと沸く。「おい、市川。ちゃんとやれ」飯島が苦笑しながら注意し、やり直させた。

「ええと、市川健太です。テニス部で球拾いをやってましたが、新しい一年生が入って来るので練習に専念できそうです。今年の目標は個人戦の県大会出場です」

「凄いな、市川。県大会出場か」飯島が感心する。

「すいません。言ってみただけです」健太がとぼけた調子で言い、教室が爆笑に包まれた。

硬かった場の空気がたちまち和らぎ、あとに続く者がやりやすくなった。朋美も肩の力が抜けた。クラス替えとはよくできているものだ。面白い男子が必ず一人は配置される。

瑛介の番になった。大きな体でぬっと立ち上がり、やや猫背の姿勢で朴訥《ぼくとつ》にしゃべる。とくに変わったことを言うわけでもなく、ありきたりの自己紹介だった。目立ちたがるタイプではなさそうだ。朋美はそんな気がしていた。

全員が自己紹介を終えると、授業の時間割のプリントが配布された。教科担任を見てまたざわつく。初日はここまでだ。明日はクラス委員と各種委員が決められ、三時限目からは早くも授業が始まる。

最後に飯島が、午前十時半から始まる入学式の手伝いを募った。

「女子は体育館前で新一年生の胸に花をつける仕事。男子は式後の椅子の後片づけ。うちのクラスから男女各五名ずつ出すことになっている。誰かやってくれる者はいるか」

教室が急に静まり返り、みなが周囲をうかがった。朋美は挙手するかどうか迷った。やってみたいけれど、出しゃばりだと思われたくない。飯島と目が合った。

「先生。わたしやります」朋美は遠慮がちに手を挙げた。

「安藤か。ありがとう。ほかはいないか」

飯島の呼びかけに女子が数人挙手し、五人の枠が埋まる。朋美はほっとした。自分だけ浮かなくて済んだ。

「男子はいないのか。可愛《かわい》い後輩のために力を貸してくれ」

「先生。なんで男子だけ力仕事なんですか」

健太が発言した。その不服そうな言い方がおかしくて、またクラスが笑う。

「これって男女差別だと思います」

続いて大爆笑。飯島が答える。

「単に効率の問題だ。女子が椅子を運ぶより、力持ちの男子が運んだ方が早いだろう。適材適所。ちがうか」

「力持ちの女子もいるんじゃないですか」

飯島まで吹き出した。朋美も腹を抱えて笑った。

「うるさい。屁理屈《へりくつ》言うなら先生から指名するぞ。市川、木村……それから坂井、曽田……最後は渡辺、以上五名。女子五名と共に、このあと体育館前に集合すること」

全員で大笑いしたせいで、クラスの距離が一気に縮まった。初日なのに。あちこちで私語が飛び交っている。

朋美の心は浮き立った。なんだか楽しい一年になりそうな気がした。

市川健太は体育館横の花壇ブロックに腰を下ろし、級友とおしゃべりをしながら待機していた。朝方は冬のように寒かったが、日が高くなるにつれ気温が上昇し、日向《ひなた》ぼっこにはもってこいの陽気だ。

体育館の中では入学式が行われていた。校長が長めのスピーチをし、来賓が祝いの挨拶をし、最後に生徒会長が歓迎の言葉を読み上げていた。このあと新一年生は教室に移動して、二年生が椅子を片付ける手《て》筈《はず》になっている。

「なんか、一年ちがうだけで可愛くない?」

安藤朋美がうれしそうに言った。確かに新一年生は初々しくて、硬くなっていて、子供に見えた。

「市川君たち、男子テニス部はノルマ何人？」と朋美。女子は用が済んだはずなのに、先生が椅子片付けの手伝いを募ったら、ほとんど全員が残った。要するに、固まっておしゃべりしたいのだ。

「さあね。先輩からは十人は確保しろって言われたけど、男子テニス部は人気ねえからなあ」

「市川君、どうしてテニス部に入ったのよ」

「なんとなく」

健太は面倒なのでいい加減に答えた。実際深い動機はない。野球とサッカーはスポーツ少年団出身の連中に差をつけられるので、それを除いた中から選んだだけだ。

「坂井君は？」朋美が隣の瑛介に聞いた。

「こいつが誘うから」瑛介が健太を指差して答える。

「おれ誘った？」

「そうだよ。おれはバレー部から勧誘されて体験入部してたけど、おまえがテニス部に来いって言うから……」

「ちがうよ。おまえが、バレー部は顧問の先生が熱血指導でうざいとか言って、それでテニス部に変更したんだろう」

「そうだっけ」

「おまえ、テニス部はいくらでもさぼれそうだって、よろこんでたじゃねえか」

健太が言うと、朋美と女子たちが、さして面白くもないことにけらけらと笑った。

「坂井君、身長いくつ？」また朋美が聞く。

「ひとつ」健太が代わりに答えた。

「ちがう。何センチかって聞いてるの。それにどうして市川君が答えるの」

女子たちが大いにウケている。体育館の横扉が開き、知らない教師から「こら、静かにしろ」と叱られた。みんなで首をすくめ、それでもおしゃべりを続けた。

二年生になって、心浮き立つ感じが健太の中にあった。いよいよ楽しい季節が巡ってきた、そんな期待感だ。三年生は受験の準備に入るし、一年生はまだ緊張の中にある。一番自由なのは二年生なのだ。

健太が今望んでいることは、学校内で有名人になることだ。テニス部のひとつ上の先輩が、春祭りの大声コンテストで一位になり、地元のテレビ番組に取り上げられた。それで一躍校内に名が知れ、噂《うわさ》の人物となった。どんなことでもいいから、有名になりたい。みんなの視線を浴びて、校内を闊歩《かっぽ》したい。

「おい、坊ちゃまを連れてきたぞ」

そのとき、同じテニス部の金子修斗と藤田一輝が、名倉祐一を従えて現れた。

「こいつ、おれらより先に帰ろうとしてやがんの。校門のところで見つけたから、拉致ってきた」

二人は薄ら笑いを浮かべながら名倉をはさみ、膝蹴りを交互に繰り返した。名倉は「やめろよ」と力なく言うだけで、とくに抵抗はしない。

「名倉、何組だ」健太が聞いた。

「B組」名倉が変声期前の甲高い声で答える。

「可哀想《かわいそう》に、北京原人のクラスか」

「そんなの無視するもん」

「無視するもん、だってよ。おまえ、ちゃま夫のくせして出来るのかよ」

金子と藤田が大喜びでからかい、二人がかりでプロレス技をかけた。

名倉は、「やめろよ、やめろよ」と言いながら、顔をゆがめて耐えている。

また体育館の横扉が開いた。「おまえら、いい加減にしろよ。何遍注意したらわかる」さっきの教師が出て来て、目を吊《つ》り上げて怒った。みんなで頭を下げ、名倉は一旦解放された。教師が去ると、てめえが声を出すからだと再び締め上げられた。

名倉は地元では名の知れた呉服店の一人息子だ。小柄で、色白で、髪は天然パーマで、全体が幼かった。健太とはテニス部で一緒になったことで知り合った。おとなしい性格で、普通なら馬が合うわけもないのだが、ゲームをたくさん持っているので、友だち付き合いしている。

テニス部の仲間と家に遊びに行くと、驚くほど大きな屋敷だった。そしてお手伝いさんが出て来て、「坊ちゃま」と呼んだ。人をからかうことが大好きな中学生が、これに飛びつかないわけがない。名倉には以後「坊ちゃま」という呼び名が定着し、気に食わないときは「ちゃま夫」とか「ちゃま子」と呼んだ。

名倉はテニス部のいじめられっ子である。補欠のくせに高級カーボン製ラケットを持っていたりするから、余計に反感を買う。一部の先輩も面白がってしごいた。わざわざ女子部の前で懸垂をやらせ、一回も出来ず、鉄棒に蓑虫《みのむし》のようにぶら下がるだけの名倉を笑いものにする。

健太はいじめの輪には加わらなかった。いじめる側といじめられる側の、攻守が変わっただけの関係がそもそも嫌いだった。自分の記憶では、藤田一輝などは小学生のときにいじめられた口である。同じ穴のムジナなのだ。

ただ、見ていてイライラするときもあり、人の言いなりになる名倉に、おまえはそれでも男かと尖《とが》った言葉を投げつけることもあった。卑屈な奴は助ける気にもなれない。

瑛介もいじめには加わらなかった。学年で一番体の大きい瑛介は、その外見だけで不良たちが避けて通った。いじめられる可能性がないと、いじめる相手を必要としないのだと、瑛介を見ているとわかった。

入学式が終わり、体育館から新入生と保護者が吐き出された。飯島がやって来て、「みんな出番だ。よろしく頼むぞ」と手を叩いて言った。

「市川。おまえを現場監督に指名する。二年生全員を指揮してくれ。

うしろの保護者席から順に片付けて、畳んだパイプ椅子は玄関横の倉庫に運び込み、二十脚ずつ積み上げる。倒れると危険だから、充分注意してやること。終わったら職員室まで報告に来い。いいな」

リーダーに指名され、健太はプライドをくすぐられた。ただ、それで張り切るのも恰好悪いので、「先生。現場監督ってことは、指示を出して見てるだけでいいんですね」と混ぜ返した。女子がにぎやかに笑う。

「周りが許すのならそうしてみろ」と飯島。

「だめに決まってるでしょう。監督が率先してやるの」真っ先に朋美が抗議した。ほかの二年生からもふざけるなと言われた。

人がいなくなった体育館にみなで入る。一応の責任感から、健太は二年生を集めて指示を出した。椅子を運ぶ係と、倉庫で積み上げる係を分けたほうが効率的だと思い、二班に分けた。名倉も手伝いに加わった。金子と藤田が帰さなかったからだ。三人共倉庫に回した。健太と瑛介は運び役だ。残っていた女子たちにも仕事を割り振った。

「ねえ坂井君。身長何センチ」作業をしながら朋美がまた聞いた。

「最近測ってないから知らね」瑛介がぼそっと答える。

「バスケ部の佐藤君より大きい？」

「知らねって」

「たぶん大きいね。見た感じ、そうだもの」

朋美が瑛介にしきりに話しかけるのは、きっと気があるからだ。少し妬《や》けるが、みんな異性に興味津々だから、文句は付けられない。だいいち健太も気になる女子がいた。女子テニス部員で、リスに似た可愛い子だ。練習していても、毎日目で探している。学年にはカップルが数組出来ていた。そうなると周りから羨《うらや》ましがられる。

椅子を半分ほど片付けたところで、倉庫の方から騒ぐ声がした。

「どうかした？」健太が聞くと、女子が「誰か閉じ込められてる」と教えてくれた。作業を中断して見に行くと、名倉が背丈ほどの高さに積んだ椅子の奥にすっぽり入ったまま出られなくなっていた。頭が少し見えるくらいだ。金子と藤田が笑っているから、二人の仕業だろう。

「おまえら何やってんだよ」健太が文句を言った。

「だって、ちゃま夫が間抜けなんだもん」

「そうそう。奥で椅子を受け取って、手前に積めって言ったら、その通りやってやがんの。馬鹿じゃねえの。そんなのちょっと考えれば、自分が出られなくなるってわかるじゃん」

二人がそう言ってせせら笑う。

「ちがうよ。こいつらがおれを壁際に押し込んで、前に椅子を積み上げて出られなくしたんだよ」

椅子の向こうから、名倉がウィーン少年合唱団のような声で抗議した。その興奮ぶりと幼さがおかしくて、金子と藤田が「ちがうよ、ちがうよ」と声色を真似《まね》てからかう。

「おまえらどうするんだよ。また椅子を出さないと名倉が出られないだろう」健太は二人に向かって怒った。「おれが責任者やらされてんだぞ。ふざけた真似するな」

「そんなの、ちゃま夫が椅子を乗り越えて脱出すればいいだけじゃん」

「危ねえだろう。崩れたらどうする」

「普通なら出来ね？　これくらい」

「おい、名倉。おまえ自分で出られるか」健太が聞いた。名倉は「わかんない」と心細そうに答える。

健太は考え込んだ。椅子を一旦出して積み直すのは大変な作業である。名倉が積まれた椅子によじ登り、乗り越えて脱出するのが一番早い。自分なら躊躇《ちゅうちょ》なくそうする。問題は名倉の運動神経だ。

「ちょっと上ってみろ」健太は試させることにした。

「わかった。やってみる」

名倉が積まれた椅子に手を足をかけ、よじ登ろうとする。おい、ぐらつかないかどうか確かめろよ――。そう注意しようとした矢先に、名倉は椅子に体重を乗せ、あっけなく椅子の山は奥に向かって崩れた。金属音が狭い倉庫に響き渡る。

「名倉、大丈夫か！」

返事がない。健太は血の気が引いた。

「おい、椅子を出すぞ！　みんな手伝え！」

男子数人がバケツリレー方式で椅子を外に出した。瑛介も駆けつけた。何事かと、倉庫の入り口には女子も集まってきた。何？　何があったの？　口々に聞き合っている。

「先生呼ぼうか」朋美が外から言った。

「呼ぶなよ。呼んだらぶっ殺す」藤田が乱暴に答えた。

「名倉、声を出してくれ」健太が呼びかけた。

「おーい」名倉が甲高い声を振り絞る。

「大丈夫か」

「わからない」

「どこか痛いか」

「痛いけど」

「よし。もう少し待ってろ。出してやるから」

五分ほど作業を続けて、やっと崩れた椅子を外に出した。名倉は椅子と壁にはさまれ、うずくまっている。

「起きられるか」

健太が聞くと、名倉は顔をゆがめ、ゆっくりと立ち上がった。出血とか、骨折とかいった大怪我《おおけが》には至っていない様子だ。ひとまず安心した。

「馬鹿か、おまえは。いきなり全体重を預けりゃ倒れるに決まってるだろう」

「ちゃま夫のせいで、また積み直しじゃねえか」

金子と藤田が罵《ののし》る。

「やめろ。元はと言えば、おまえらのせいだぞ」

健太は二人に向かって言った。同じテニス部の仲間だが、くだらない悪戯《いたずら》にはいつも腹が立つ。

名倉が青い顔で、崩れた椅子を乗り越えて出てきた。

「どこか痛いか」

「頭を打った」

名倉が訴えるので、見ると、額にたんこぶが出来ていた。

「たんこぶなら大丈夫だな」

「腕も打った」

そう言って腕をさする。学生服を脱がせたら肘の下に痣《あざ》があった。

「じゃあ保健室に行って来い」

「わかった」

名倉が痛そうに腕を押さえて歩いて行く。女子が可哀想じゃないと非難すると、金子と藤田が「間抜けなだけじゃん」と嘲《あざけ》り笑った。

「じゃあやり直し。倒れた分は一旦外に出すから、またバケツリレー式でやるぞ」

健太が指示を出し、みんなで作業を再開した。そしてしばらく続けていると、女子生徒が一人走って来て、「市川君、保健室で飯島先生が呼んでる」と言った。

保健室ということは、名倉が怪我をした件の絡みだろうか。いやな予感を抱えつつ作業を抜けて保健室に出向くと、中には腕に大袈裟な包帯を巻いた名倉と、保健担当の女の先生、怖い顔をした飯島の三人がいた。

「名倉君が椅子の下敷きになって怪我をしたというので、わたしが職員室に報告しました」

保健の先生が怒気を含んだ声で言う。続いて飯島が口を開いた。

「おい市川。おまえら、Ｂ組の名倉を閉じ込めて、椅子の山を乗り越えさせようとしたそうだな。どうしてそういうことをする。先生はおまえを責任者に指名したんだぞ。それなのに、悪ふざけをして、怪我人を出すとはどういうことだ」

「あ、いえ……」

健太は、自分が首謀者であるかのように伝わっていることに戸惑った。名倉を見ると、黙ってうつむいていた。

「先生はな、おまえたちの自主性を信じて任せてるんだぞ。先生の目がないことをいいことに、裏切るようなことをするな」

「あ、いや……」

「なんだ。言い訳があるのか」

「いえ……すみません」

健太は口をつぐみ、謝罪の言葉をつぶやいた。言い訳しなかったのは、金子と藤田の悪戯《いたずら》を告げ口することになるからだ。

「名倉にも謝れ」飯島がたたみかけた。

「……名倉、ごめん」

名倉に謝るのは納得できないが、話の流れで頭を下げた。同時に、心の中で憤怒の思いが首をもたげる。

名倉はどうして先生にちゃんといきさつを説明しないのか。自分はむしろ庇《かば》ってやった側だ。これだとまるで自分が犯人ではないか。

「よし。行ってよし。十分後に見に行くから、それまでに片付けをすませておけ」

「わかりました……」

健太はもう一度頭を下げ、保健室を後にした。走って体育館に戻り、金子と藤田に飛び膝蹴りを食らわした。

「おい、おまえらのせいでおれが叱られたんだぞ」

「悪い。怒るなよ」「すまん、すまん」

二人は低姿勢だった。健太は告げ口しなかったのだから、借りが出来たようなものだ。

「名倉をいじるのもいい加減にしろ」

「だってうぜえんだもん」「目障りだしよ」

「いつもゲーム借りててよく言うな」

「それが最近、貸さねえんだよ。今従兄弟《いとこ》に貸してるとか、うそつきやがって」

「そうそう。こっちが下手に出ると結構生意気しやがるんだよな、あいつ」

金子と藤田が悪口を言う。確かに名倉は少し意地の悪いところがあった。健太もゲームの攻略本を貸して欲しいと頼んだとき、手元にあるのに一週間も待たされたことがあった。どうしてそういうことをするのか理解できなかった。

連鎖して思い出した。春休みにはこんなこともあった。テニス部の練習前、一年生全員でローラーを引いてコート整備をしていた。先輩がまだ来てなかったので、ローラーにひとりずつ乗っかり、バランス遊びをしていた。名倉の番のとき、健太たちが乱暴にローラーを引き、転落させた。名倉は地面に倒れ、足首をくじいたと顔をゆがめ、しばらく立ち上がらなかった。そこへ先輩たちがやってきた。おまえら何やってんだと叱責され、グラウンド十周の罰を与えられた。名倉は保健室へ行き、ランニングを免除された。

しかし名倉の怪我は、実はたいしたことがなく、腫《は》れてもいなかった。最初は痛がるふりをしたが、試合形式の練習になったら、普通に動いていた。なんだこの野郎と健太は文句を言いたかった。さっさと起き上がっていれば、先輩から罰を与えられずに済んだのだ。

どうも名倉は、大袈裟に痛がって周りの同情を買ったり、責任を感じさせたりすることに知恵を巡らせる傾向があるようだ。なぜそうするのか、健太にはさっぱりわからない。

「よし。片付けをするぞ。もうすぐ飯島が来るから、それまでに済ませないと」

気を取り直し、みなを急《せ》かした。怪我人を出したあとだが賑《にぎ》やかだった。そもそも名倉を心配する人間はあまりいない。健太もしばらくむかついていたが、女子たちとしゃべっていたらすぐに忘れた。

9

新学期が始まって四日目に、二年生の身体・体力測定があった。午前の授業がまるまる潰《つぶ》れるので、生徒たちはレクリエーション気分でいる。安藤朋美もうれしかった。女子にとってはおしゃべりの時間も同然だ。

クラスはまだ新品の靴のように、どこかごわごわしているが、日々馴染《なじ》んでいく感じはあった。毎日、誰かが笑わせてくれる。今朝はホームルームで、健太がまた面白いことを言った。

「先生。前から聞きたかったんですが、座高って何のために測るんですか」

そう言われれば、何のためかわからない。飯島も虚を衝かれたらしく、「そうだな……何のためかな」と考え込んだ。

「じゃあ、やめましょうよ。時間の無駄だし、胴長には辛《つら》いし」

クラス中が爆笑した。

「だめだ。ちゃんと測定しろよ。おまえたちは成長期なんだから、胴体だって伸びなきゃだめなんだ」

「じゃあ、股下を測らないのはなぜですか」

「うるさい。屁理屈《へりくつ》をこねるな」

二人のやりとりに、みんなが笑いこけた。

体操着に着替え、全員で体育館に移動した。まずは身体測定と室内で行う体力測定だ。各自が測定器のある場所に自由に並び、身長や体重を測ったり、垂直跳びや体前屈を行ったりして、用紙に数値を書き込み、先生の判をもらう。測定するのは指名された女子たちで、交代しながら務める。

朋美は身長測定を担当した。まず自分の身長を測ったら、百六十センチ丁度だった。一年間で七センチも伸びたことになり、自分でもびっくりした。うれしい反面、これくらいでいいかなあとも思った。あまり背が高くなると、男子に敬遠されそうな気がする。

その男子グループが測定にやってきた。健太が最初に台に乗る。背伸びこそしないものの、懸命に首を伸ばしているのがおかしかった。

「市川健太君、百六十二センチ」朋美が読み上げる。

「うそだろう。ゆうべ家で測ったら百六十三だったぞ」健太が心外そうに抗議した。

「知らないわよ。そんなの」

健太が台を降りて数値を確認する。「百六十二・三じゃん。切り上げろよ」目を剝《む》いて要求した。

「だめ。四捨五入なの」

続いて瑛介が乗った。長身の瑛介はゆったりと支柱に背中を合わせる。

「坂井瑛介君、百七十七センチ」

やっぱり大きいなあと、しばし見上げてしまった。

「おれに一センチくれ」と健太。瑛介は口の端で笑うだけだった。

別のクラスの男子がやってきた。始業式の日に体育館で騒ぎを起こしたテニス部の藤田、金子と、いじめられっ子の名倉だ。

藤田と金子はにやにや笑いながら、名倉を台に乗せ、「おれたちがやるからどいてろ」と朋美を押しのけた。

「何するのよ」

「うるせえ。あっちへ行ってろ」二人とも弱そうなくせに、女子には乱暴な言葉を吐く。

名倉を立たせ、木製のステーを頭に強く打ちつけた。

「痛い！」名倉が悲鳴を上げ、台から逃げ出す。「悪い、悪い。手が滑ったんだよ」藤田が笑ってとりなした。もちろん、わざとやっていじめているのである。

二人がかりで再び名倉を台に乗せ、今度はステーで頭をぐりぐりと押さえ付けている。

「痛いってば」名倉が苦痛に顔をゆがめた。

「我慢しろ。男だろう」

「名倉祐一君、百四十五センチ」数字を読み上げた。

「うそだろー。百五十もねえのか」「ちゃま夫、小学校に戻ったほうがいいんじゃねえのか」藤田と金子が口々にからかう。

「ちゃんと測れよ」名倉が顔を赤くして抗議した。

「ちゃんと測ってんじゃねえか。文句あんのかよ」

二人が名倉の胸ぐらをつかんで前後に揺らした。

「やめなさいよ。先生呼ぶよ」朋美が割って入る。

「呼んだらぶっ殺す」藤田が言った。この男子のぶっ殺すは口癖みたいなものだ。

「藤田君たち、邪魔しないの。あとがつかえてるんだから」

同じ測定係の女子が加勢してくれ、数人で取り囲んだ。男子なんか少しも怖くない。

「ちぇっ。洒落《しゃれ》じゃねえかよ」ぶつぶつとつぶやき、おとなしくなった。

名倉の身長を測ると百五十センチだった。朋美は、みんなの前で読み上げるのが可哀想《かわいそう》な気がして、小さな声で告げた。名倉は女子たちとは目を合わせず、そそくさとその場を立ち去った。

名倉は駅前通りの大きな呉服店の子だ。肌は色白で、茶色の巻き髪で、見ようによってはお人形さんみたいに可愛《かわい》いが、女子の間で話題に上ることはない。みんなが年上に見られたい中で、幼い男子はどうしても軽んじられる。

中学生になって、なんとなく区分けのようなものが始まった。人気のある生徒、ない生徒、一目置かれる生徒、無視される生徒、みんな自分のポジションに無関心ではいられなくなった。どのグループに所属するかでも、学校生活ががらりと変わる。

三年生たちは目立つグループを〝フロント〟と呼び、「今度の文化祭、うちらがフロント張るからね」などという言い方をした。その言葉が、二年生の間でも流行《はや》り始めていた。A組だと健太や瑛介はフロントだ。だから周りはいつもにぎやかだ。

朋美もフロントになりたいが、まだちょっと様子を見ている。女子は目立ち過ぎると嫉妬にさらされるので、みんな慎重なのだ。

壁際で瑛介が垂直跳びを測定していた。背が高いからいやでも目立つ。朋美だけでなく、付近にいた全員が注目した。

腰をかがめ、タンと床を蹴り、滝を登る鯉《こい》のように体が宙に跳ねる。

「坂井瑛介君、六十八センチ」測定値が読み上げられ、「すげー」とか、「ほんとに中二かよ」というため息交じりの声が聞こえた。

その場にいたバレー部の顧問が興奮し、「おい坂井。今からでもバレー部に入り直せ」と言い、冗談で羽交い絞めにした。

みんなが笑っている。やっぱり瑛介はフロントだ。


体育館での測定が終わると、続いて運動場に出た。今度は五十メートル走やハンドボール投げの実技だ。後半の測定係は男子なので、親友の愛子と一緒に回った。しゃべることならいくらでもある。

「B組はどう？　面白い？」朋美が聞いた。

「全然。担任が清水で面白いわけないじゃん。今朝のホームルームだって、体力測定の総合点で学年平均を下回ったら、毎日グラウンドを五周させるとか、そういうことを言うんだよ」愛子が憤慨して言う。

「冗談なんじゃないの」

「洒落が通じるって顔してる？　男子なんか、北京原人は言いにく
いから、エラって呼び始めてる」

角張った清水の顔を思い浮かべ、朋美は笑ってしまった。

「愛子のクラスも面白い男子、いるじゃん」

「いることはいるけど、市川君ほどじゃないよ。あ、それから不良が
いる」

「誰よ」

「一年のときサッカー部だった井上《いのうえ》君」

「あの子、サッカー部辞めたの？」

「辞めさせられたって話。ほかの学校と喧嘩《けんか》して」

「ふうん。そんなことしてんだ」

「三年生の不良たちの腰巾着だって。おれは三年の誰某《だれそれ》さんを知ってんだとか、そんなことばっかり言ってる」

「やだね、クラスに不良がいると」

朋美も一年生のとき、クラスに不良がいて不愉快な思いをした。彼らは簡単に暴力をふるうからいやなのだ。

「昨日もね、男子が一人、蹴飛ばされてたんだよ。その子、髪が茶色くて天パーなんだけど、てめえ誰に断って髪染めてんだって――。もう無茶苦茶」

「あ、わかった。テニス部で呉服屋の子でしょう」

「そうそう、名倉君」

「さっきも藤田君たちにいじめられてたね……」

朋美が身長測定の一件を話すと、愛子は呆《あき》れたように苦笑いした。

「でもねえ、名倉君も女子には威張ったりして、感じよくないんだよ」

愛子が顔をしかめて言った。

「そうなんだ」

「おまえらの体操着なあ、うちが安く卸してやってんだぞって——」

愛子が声色を真似《まね》る。女子よりも高い声なのだ。

「そうなの？」

「安くかどうかは知らないけど、名倉呉服店が学校に卸して、それをわたしたちが買ってるみたい」

「じゃあ、こっちはお客さんじゃん」

「そうだよね、今度言ってやろ。客に向かって何威張ってんだバーカって」

「あははは」

二人で笑い転げた。

その名倉は、また藤田たちにからかわれていた。今度は反復横跳びで、よたよたと右に左に動く名倉がいかにもぎこちなくて、ドン臭いのだ。これでテニス部というのが信じられない。

「名倉君、真面目にやってください」

「先生、名倉君がふざけてます」

男子は容赦なく笑っている。朋美もつい吹き出してしまった。

そのとき、二年生の不良たちが現れた。井上を先頭に五人ほどいる。噂《うわさ》をすればなんとやらだ。学校指定の体操着ではなく、派手なTシャツをだらしなく着ている。肩を揺らせて歩き、藤田と金子を取り囲んで、何やらしゃべっていた。険しい表情からして、いい話ではなさそうだ。二人は青い顔をしている。不良にインネンをつけられている、そんな感じだ。

彼らは全員で場所を変え、体育館裏へと歩いて行った。男子は大変だなあと、朋美は同情した。女子とちがって、いつも暴力と隣り合わせだ。小学生のときは大人が守ってくれたが、今は自分で防ぐしかない。

中学生には、人生のハードルがいっぱい待っている。

桑畑第二中学校男子軟式庭球部はこの春、十名の新入部員を得た。人気の野球部やサッカー部を相手に、これだけの人数を集めたのは、自分の功績ではないかと、市川健太は密《ひそ》かに自惚《うぬぼ》れていた。

「市川、おまえを部員集めの責任者に指名するから十人は確保しろよ」

キャプテンの島田《しまだ》にそう言われて張り切った。校門で毎朝プラカードを掲げてアピールし、ノルマの十人を勧誘すると、一週間の体験入部期間にこれでもかと一年生を笑わせ、全員を正式入部させたのだ。三年生たちもその努力を認めてくれ、特別にお好み焼きを奢《おご》ってくれた。そのとき「次期キャプテンは市川だな」という話も出て、健太は大いに気をよくした。

後輩が出来るのは気分がよかった。ネットを張ったり、ボールを拾い集めたりという雑事からはすべて解放された。最初に後輩から、「こんにちは」「失礼します」と挨拶されたときは、面映《おもは》ゆいながらも、快感が突き抜けた。どうせなら、後輩から尊敬されるかっこいい先輩になりたい。

二年生は教育係なので、自分たちの練習以外にも一年生の指導をしなければならない。顧問の後藤は若い男の教師だが、テニス経験はゼロで、部活にもほとんど顔を出さない。「君らの自主性に任せる」と後藤は言うが、テニスができないから、口出ししようがないのだろう。

二中の運動部は、顧問の先生が毎日練習に出てくる部と、出てこない部とが、だいたい半々に分かれていた。

練習は、授業が終わる午後三時半から始まり、五時半に終わる。居残り練習は禁止。六時に校門が閉められるからだ。

「一年生、集合！」

健太が声を張り上げた。新品のウェアも初々しい一年生が駆けてくる。

「五人ずつの二班に分かれて、一班が両サイドで球拾い。二班は五十メートルダッシュを十本。ダッシュが終わったら球拾いと交代。わかったな」

「はい！」

「ちゃんと見てるからごまかすな。全力でやれよ。それからほかの部の邪魔にならないこと」

「はい！」

元気のいい返事が心地よかった。

下級生の出現で、健太たち二年生も上級生然と振る舞うようになった。名倉ですら、一年生の前では胸を反らせたりする。挨拶され、「おう」と返したときは、健太ですらからかいたくなった。名倉は用具担当で、ネットのたたみ方ひとつにもうるさく指示を出していた。

基本練習が済むと、三年生が打ち出し役になり、順番で正面取りと前進ボレーの練習をした。一年生の目があるので、恰好悪いところは見せられない。みんないつもより気合の入った動きをした。

瑛介がサウスポーで凄《すご》いボレーを打ち返し、部員の間から「おー」という声が上がる。島田が、「坂井。おまえ何食ってんだ」とからかった。

体力にすぐれた瑛介はめきめきと実力をつけている。健太は瑛介とダブルスを組みたいのだが、決めるのは島田だ。仲のいい者同士が馴《な》れ合いで組まないように、キャプテンに一任されている。昔からの部の決め事だ。

後半はゲーム練習に移り、コートは三年生が占拠した。最上級生の特権だ。二年生は壁打ちの練習をするため、体育館裏に移動した。するとそこに二年生の不良グループがたむろしていた。何をするでもなく、しゃがみ込んでいる。ガムをくちゃくちゃと嚙《か》みながら、健太たちをにらみつけた。

健太は急速に憂鬱になった。場所を移ってもらわないと練習ができないが、頼んだところで、不良たちが言うことを聞いてくれるとは思えない。

「おう、藤田じゃねえか。金子も。おれにもテニス教えてくれよ」

井上という生徒が立ち上がって言った。にやにやと笑っている。健太とは小学校でクラスが一緒だったこともあり、知らない仲ではない。

藤田と金子を見ると、青い顔をしていた。

「井上、サッカー部の練習はどうした。さぼりか」健太が聞いた。

「あ？　そんなもん、とっくに辞めちまったよ。一中と出入りがあってよ。それでクビだよ。おめえ、嫌なこと思い出させるんじゃねえ」井上が凄んで答える。

　こいつも変わったなあと健太は嘆息した。昔は無口で目立たない生徒だったのに――。

　そこへ遅れて瑛介が駆けてきた。「どうした？」不穏な空気を察し、健太に聞く。井上たちは瑛介の出現に身構えた。

「なんでもねえよ。おれが藤田と金子にテニスを教えてくれって頼んでたんだよ」

　井上が威勢よく言い、前に出た。仲間の前だから余計に虚勢を張っている。

「だったら入部しろ。おれが教えてやるよ」

　瑛介が静かに言った。さすがに余裕があり、不良グループなど少しも怖がっていない。

「誰が入部なんかする。汗臭え連中がナメんじゃねえぞ」

「じゃあどいてくれよ。練習するんだ」と瑛介。

「馬鹿野郎。おれらが先にいたんだよ。ここはテニス部の土地か？」

「おれらはここじゃないと練習できねえんだよ。おまえらはどこでもおしゃべりできるだろう」

「日陰が好きなんだよ、おれらは。紫外線はお肌に悪いだろう」

井上が洒落たことを言い、不良たちが声を上げて笑った。

「時間がもったいないんだ。どいてくれ」瑛介が前に出た。

「あ？　それが人にものを頼む態度か。どいてくださいって言え」井上は胸を反らせ、退かない態度を示す。「おめえ、図体がでけえから

って調子こくんじゃねえぞ。おれは三年の米田《よねだ》さん、知ってんだから
な」
米田というのは、三年生の不良グループの中心人物だ。瑛介の顔色
がさっと変わった。怒り出す兆候だ。
健太は慌てて割って入った。「井上、場所を譲ってくれないか。頼
むよ」できるだけ柔らかく言った。こんなところで喧嘩はしたくない。
井上は少し考え込むと、「ふん、仕方がねえなあ。今日のところは
譲ってやるよ」と言い、藤田と金子の方へと歩いていった。
「その前にいっぺんだけ打たせてくれよ。おれ、テニスってやったこ
となくてよ」
藤田からラケットとボールを取り上げ、壁に向かって構えた。ボー

ルを上げ、野球のノックのように思い切り打つ。ボールが壁に跳ね返り、反対側のフェンスを越え、水田の中へと落ちた。

「悪い、悪い。おれ、初心者だから」

わざとやったことは誰の目にも明らかだった。

「おや？　うしろに隠れてるのは名倉君じゃないか」井上が名倉を見つけ、目を輝かせた。「なあんだ、忘れてた。ちゃま夫もテニス部だったんだ」

うれしそうに近寄ると、ラケットで頭をポンポンと叩《たた》き、「おめえが拾って来い。いいな」と言いつけた。

「おい、見ろ。やっぱお坊ちゃまだな。洒落たジャージ着てんじゃねえか。これ、いくらすんだ。言ってみろ」

井上が胸のワンポイントマークをつまんで引っ張る。テニス部は二年生以上になると、練習着が自由だった。名倉が来ているウェアは外国ブランドで、三年生も生意気だと言っていた。

「惜しいなあ。おまえがMサイズなら速攻で脱がせていただくのによう」

「おい、おまえら。いい加減にしろよ」瑛介が語気強く言った。今度は不良たちが一斉に顔色を変えた。一触即発の緊張が走る。

「もういいだろう。井上、譲ってくれよ」健太が説得した。

「ふん。ま、いいか。市川クンの顔を立ててやるよ。今日は貸しだ。ひひひ」

井上たちは強がって変な笑い方をし、ズボンを引きずって去って行った。

「腹立つ連中だな」瑛介が顔を赤くして吐き捨てた。

「相手になるなよ。喧嘩すればおまえが勝つに決まってんだから」

健太がなだめた。井上など怖くもないが、三年生の不良たちとはかかわりたくなかった。正直、怖いのだ。

「おい、藤田。金子。おまえら井上と何か関係あるのか」健太が聞くと、二人はばつが悪そうに下を向き、「あいつら、何かってえと三年生の名前出すからよう」と、説明にならないことを言った。

「たかられてんのか」瑛介が聞いた。

「………」二人が黙る。

「そうなのか。おまえら、たかられてるのか。ちゃんと言え」

健太が問い詰めると、藤田と金子は、下校途中にコンビニ前で買い食いしている井上たちと出くわし、目が合ったという理由だけで絡まれたと打ち明けた。その後は、校内で会うたびにちょっかいを出され、最近では二千円ずつ持ってこいと、具体的な要求をされているとのことだった。

「おまえらゼッテーに払うなよ」瑛介が目を吊《つ》り上げて言った。「今度、何か言ってきたらおれに言え」左の拳《こぶし》を右の手のひらに打ちつける。

健太は六年生のとき、一度だけ瑛介の喧嘩を見たことがあった。隣町の小学生がやって来て公園の遊具を独占し、小さい子を泣かせたので、その場にいた瑛介が抗議をし、いきなり喧嘩になったのだ。勝負は呆気《あっけ》なかった。瑛介が相手のリーダー格をパンチ一発で倒すと、ほかの少年たちは震え上がり、慌てて逃げて行った。同じ男子として、見惚《みと》れずにはいられなかった。

ただし、喧嘩はあまり見たくない。健太は争いごとを好む性格ではなかった。瑛介は母子家庭で、おばさんから「瑛介が喧嘩しそうなときは、市川君、止めてね」と頼まれていた。冗談ぽく言われたが、健太はずっと気に留めている。

「よし、練習しようぜ」

すっかり雰囲気が悪くなったので、健太がカラ元気を出した。水田に入ったボールは一年生に探させることにした。二年生の特権だ。

「ペアになって打ち返し。声を出していくぞ」

ボールが壁に当たる音と、部員たちの声が体育館の裏手で響いた。校内のあちこちから、部活の音が聞こえてくる。

10

息子の祐一が死んで十日が過ぎた。その間、名倉寛子の体重は五キロ落ちた。中肉の体型でこの減り方は尋常ではなく、自分でも不安が募ったのだが、食事が喉を通らないのはいかんともしがたく、減るに任せていた。夫が心配して病院へ連れて行ってくれるので、もう五回ほど点滴を受けている。

体で一番変わったのは、乳房がしぼんだことだ。帯を締めて、ふと目をやると、そこに今までのふくらみがなく、景色が変わっていた。だいいち長襦袢《ジュバン》を合わせるときから、感じがちがうのだ。着物の正直さを改めて知った。

もっとも自分が痩せようが、健康を害そうが、どうでもいいことで、寛子は生まれて初めての虚無を味わっていた。これで死んだとしても、祐一の元に行けるのならば文句はなかった。ましてや金銭的なことなど、それ以上にどうでもよくて、店の仕事はほとんど放り投げていた。接客は番頭に一任し、仕入れや在庫管理も従業員に預けた。自分がやっているのは、台帳の数字をチェックすることだけだ。機械的な作業なので、何も考えないで済むのがいい。ついでに時間も過ぎてくれる。

一度、自分を奮い立たせて店に立ったが、常連客が寛子を見て顔色を変え、懸命に慰めの言葉を探している姿を目の当たりにし、立たない方が店にも客にもいいと判断した。当分、自分は人前には出ないだろう。化粧をさぼるから、鏡に映る自分は一気に十も老けた感じだ。

祐一は、前後に二度の流産をはさんで授かった一粒種だった。代々続く呉服店ゆえ、跡取りを産むようにと周囲からプレッシャーをかけられ、死ぬ思いで産んだ長男だった。だから寛子にとってはかけがえのない宝物だった。息子の代わりに命をよこせと言われたら、よろこんで差し出しただろう。息子のためなら、悪にだって加担した。その息子が、まるで神隠しにでもあったように、この家から消えた。

今でも夕方になると、「ただいまー」と帰ってきそうで、地に足が着かなくなる。家政婦さんにスーパーへの買い物を頼むときは、祐一の好きな献立を頭の中で考えている。もちろん子供部屋は触っていない。壁に貼られたアイドルのポスターも、作りかけの模型も、あの日のまま時間が止まっている。

家の中にいても、外で子供の遊ぶ声が聞こえると、動悸《どうき》がする。頭の中の思考がぐにゃりと歪《ゆが》み、どこかへ引っ張られそうな感覚があり、具合が悪くなる。先日、病院で点滴を打ったついでに神経科に行った。事情を知った医師は、見る見る表情を曇らせ、「当分はしたいようになさるといい」と言った。そのとき処方された精神安定剤がないと、夜は眠れない。

梅雨は今週明けた。朝から太陽が容赦なく桑畑の町を照らしつけ、連日真夏日を記録している。子供たちはもうすぐ夏休みだ。

十日前までは、家族と従業員でハワイ旅行をする計画があったが、当然キャンセルした。祐一に着せようと買ったポロシャツは、タンスに仕舞われたままだ。

この日は午後、中学校から校長と教頭が訪れる予定だった。傷害容疑で逮捕補導された四人の生徒はあっさりと釈放され、何事もなかったかのように学校に戻っていた。警察は引き続き捜査をしているとのことだが、経過報告はない。

唯一、若い検事が釈放後に一度訪ねてきた。息子を亡くした親の無念を涙ながらに訴えると、橋本という検事は何度もうなずいて聞いてくれたが、その後の連絡はなかった。寛子は蚊帳《かや》の外に置かれている焦燥感で、毎日叫び出したいほどだ。

せめて学校には定期的に状況報告をしてほしいと申し入れ、今回、息子の死後初めて校長が訪れることとなった。

中学校にその要求をしたのは、義弟の康二郎である。夫は跡取りの惣領《そうりょう》ということもあってか、元来がおっとりした性格で自己主張をしなかった。平穏なときはそれでよかったが、不測の事態に直面すると、人のよさが裏目に出た。祐一の葬儀のときも、参列した校長に深々と頭を下げたのだ。寛子もつられて頭を下げてしまい、あとから怒りが込み上げて仕方がなかった。

康二郎は癖のある人間で、これまで好きではなかった。万事目立ちたがりで、金遣いが荒く、大きなことばかり言う。女癖もよくないとの噂《うわさ》だ。亡くなった先代も持て余し、本店から切り離す意味で支店をひとつ持たせた。康二郎の店だけは独立採算で、互いに口を出すことなくやってきた。

康二郎は、祐一の死に大いに憤慨し、事件をうやむやにしてはいけないと首を突っ込んできた。学校側は事を荒立てたくない一心なので、丸め込まれないよう強い意志で対処するよう、寛子たちに説いた。

康二郎の言動には、どこか騒ぎに高揚している印象もあり、気にならないでもなかったが、寛子は義弟に頼ることにした。今は助けが必要なのだ。誰でもいいから一緒に怒ってくれる人間が欲しい。夫は商工会の寄合で留守だった。どうせ同席しても、強いことは言ってくれないだろう。

校長と教頭は暑い中、背広にネクタイを締めてやってきた。まずは仏壇に手を合わせたいと言うので、仏間に案内し、焼香してもらった。二人は供え物として水菓子を持ってきたが、康二郎が受け取りを拒んだ。

「今はあなた方から何かを受け取る気になれないんです。どうかお持ち帰り下さい」

冷静に言う康二郎を見て、寛子は大いに勇気づけられた。夫なら丁寧に礼を言って受け取っていたところだ。

応接室に移動し、互いに向き合った。校長たちは額に汗をかいている。

「どうぞ上着を脱いでください。暑いでしょう。今日の最高気温は三十四度だそうですね。これからはネクタイもいりません。どうぞクールビズでいらしてください」

康二郎が言った。二人は恐縮しつつ上着を脱いだ。ワイシャツの腋《わき》の下が汗で変色していた。

「期末試験は無事御済みになられましたか」と康二郎。

「ええ。おかげさまで、滞りなく……」校長が答える。

「しかし、生徒が一人死んでも、学校行事というのは滞りなく行われるものなんですねえ。人の命というのはこんなにも軽いものだったのかって、わたしなんかは思ってしまうんですが」

「あ、いや。決してそのようなつもりは……」

「もちろんわかってます。全員が喪に服すいわれはないし、祐一を知らない生徒やその親にとっては所詮他人事《ひとごと》でしょう。しかし、こうやって難なく日常に戻られると、遺族としては、この事件がなかったことにされるんじゃないかって、そういう恐怖を覚えるわけなんですよねえ」

康二郎がすらすらと言葉を連ねる。寛子はよく言ってくれたと心の中で膝を打った。寛子の恐れは、まさにその点だった。このまま事件が解明されず、忘れられたら――。想像しただけで目眩《めまい》がする。

「校長先生、どうなんですか。その後何かわかったことはあるんですか」

「いえ、わたくしどもは、警察に協力する立場でして、とくには……」

「それはつまり警察任せってことですか」

「いや、警察任せってことは……」

「じゃあ何ですか。学校独自の調査は行っているんですか」

「いえ、その……」

「校長先生。役人の答弁じゃないんですから、イエスかノーかで答えてください」

「ですから、学校に出来ることは限界があるわけでして……」

「じゃあノーということですね」

「いや、ノーと言われますと……」

康二郎の詰問に、校長はあわてふためくばかりだった。

「この件に関して名倉家は、学校独自の調査を要求させていただきます。うちは警察からも梨のつぶてなんですよ。少年法とやらが加害者を守って、被害者には情報提供すらなされない。ほんとひどい話です。わたしらの気持ち、わかりますか？」

「ええ。それはもう……」

「でしたら、学校から情報をください。そちらで調査して、事件の全容を明らかにしてください」

寛子は隣で聞いていて、康二郎を完全に見直した。息子の葬儀が済んで以降、学校からも警察からも、ほとんど放っておかれた。子供を亡くした母親がここに一人いるというのに、世の中はそんなことにはお構いなく回っていた。それがどうにも納得できなかったのだ。

「義姉《ねえ》さんも何かありませんか」

康二郎に促され、寛子も聞いた。

「逮捕補導された四人の子たちは、今どうしてるんですか」

ふと湧いた疑問だった。これまでは息子のことだけに打ちひしがれ、考えが及ばなかった。

「……登校しています」校長が言いにくそうに答えた。

「普通に授業を受けているんですか？」

「はい、そうです」

「みんなと同じ教室で勉強して、給食も食べて、体育の授業も受けて、テニス部の練習にも参加してるんですか？」

「そうです」

寛子は信じられなかった。加害者側からは、今日まで謝罪ひとつない。お悔やみの言葉さえない。あの四人が、喪に服することもなく、普通に学校生活を送っている――。

「傷害容疑に関しては、逮捕された二名は立件されませんでした。それで児童相談所に送致されていた二名も自動的に家に帰されました」

校長は寛子の目を見ず、淡々と説明したが、ショックが大きくて耳を素通りした。少なくとも、自宅謹慎ぐらいはしているものと思っていた。

「あ、あの……しかし、警察の事情聴取は続いておりまして、放課後になると桑畑署の方に呼び出されることもあるようです」

「あるようですって、把握はされてないんですか？」康二郎が聞いた。

「藤田君の親御さんが依頼した弁護士が学校にも乗り込んで来たり、いろいろありまして、わたくしどもは迂闊《うかつ》に手が出せないというか……。もちろん学校も四人から聞き取りはしました。しかし警察からは、こっちに任せてくれと言われてましまして……」

「無責任でしょう、それは。警察と弁護士の言いなりですか。独自の判断というものがあなた方にはないんですか。少なくとも出席停止処分とか、学校側もそれくらいのことはしないとダメでしょう。わたしたちは大いに失望しています」

康二郎が語気強く言い、校長と教頭は身を縮めるばかりだった。さらにたたみかける。

「わかりました。では、明日からでも調査をしてください。のんびり構えていると、もうすぐ夏休みで、ますます事件の記憶が薄れてしまいますから。そうですねえ……。そうだ、全校生徒に作文を書かせてください。今回の事件について知っていること、感じたこと、何でもいいです。それを名倉家にも読ませてください。義姉さん、どうですか？」

返事を求められて、寛子は即座にうなずいた。それは自分も読んでみたい。祐一は学校でどんなふうに見られていたのか、いじめの事実をどれくらいの子が認識していたのか。作文なら、口下手な子でもじっくりと考えて書くことができる。

「校長先生、生徒の作文、ぜひお願いします」寛子は校長を見据えて訴えた。

「いや、しかし全校生徒というのは……」苦しげに口をはさんだのは教頭だった。「名倉祐一君を知らない生徒もいるわけですから……」

「全校生徒にしてください」寛子が声を大きくして言った。「知らない生徒は感じたことだけでもいいです。お願いします。わたしたちを蚊帳の外に置かないでください。このままうやむやにされるんじゃないかって、それが怖くて眠れないし、食事も喉を通らないし、仕事も手に着かないし――。わたしたちは本当のことを知りたいんです」

話していたら興奮してきた。

「市川君や坂井君にも書かせてください。藤田君も、金子君も。あの子たちがどういう気持ちで登校しているのか、これからも平気でテニスを続けられるのか、それから七月一日に何があったのか、全部書かせてください。わたしたちには知る権利があると思うんですよ。こんな十日間も経《た》ってから、やっと現れて、しかも報告すべきことはとくにないなんて、おかしいじゃないですか。ちがいますか？　校長先生」

「いえ、おっしゃる通りです……」校長が肩をすぼめて頭を下げた。隣で教頭も倣う。

「じゃあ作文の件、ぜひお願いします」

最後は声が震えた。寛子は鼻息を荒くしながら、顔色をなくした校長と教頭を見据えていた。外では何匹もの蟬《せみ》が囃《はや》すように鳴いている。

放課後になって、飯島浩志は校長室に呼ばれた。何の用かと部屋に入ると、そこでは校長と教頭、学年主任の中村が、むずかしい顔で額を集めていた。

「ああ、飯島君。あなたも座りなさい。若い人の意見も参考にしたいから」

教頭に促され、ソファに腰を下ろした。

「実は今日、名倉さんの自宅に行ってきたんだけどね……」

教頭からいきさつを聞かされた。告別式の後、何の連絡もなく放っておかれたことにたいそう腹を立てている様子で、全校生徒に作文を書かせて読ませて欲しいという要求を突き付けられたとのことだ。

「わたしと校長先生は、やむを得ないだろうという立場だけれど、中村先生は反対を表明して、まあ、いろんな人の意見を聞きたいわけだよ」

「ええと、そうですか……」

いきなりの指名に飯島は戸惑った。遺族の立場を思えば容易に理解できることではあるが、全校生徒というのは行き過ぎの気がしないでもない。それに、学校の権限を越えている感も拭えない。その旨発言すると、中村が我が意を得たりと言わんばかりにうなずき、「そうだよ。その通りなんだよ」と飯島に向かって口を開いた。

「ぼくも、名倉君の遺族の気持ちは痛いほどわかるよ。子供が学校で亡くなって、その真相がはっきりしなくて、いじめの加害者と目される生徒たちは少年法に守られて、捜査状況も知らされない。挙句の果てに、生徒たちは釈放され、日常に戻っている。そりゃあ納得がいかないだろう。しかし、全校生徒に作文を書かせて、それを遺族に開示するというのは、今度は生徒たちのプライバシーや個人情報にかかわる問題が生じるわけで、そう簡単に応じるわけにもいかんだろう」

「うん、わかる。中村先生の言うこともわかります。しかしね、悲しみに暮れる遺族から面と向かって頼まれて、それを断るというのは、なかなか出来ることじゃないよ」教頭が顔を赤くして弁明した。「だいいち、向こうには遺族感情というものがあるわけで、それを理屈ではねつけたら、この先どれだけこじれるか――。最悪の事態として、遺族が市教委と学校を訴えることもあり得るでしょう。そういうところまで想定して、校長先生は受けられたわけですよ」

「いや、訴えるなら、何をしても訴えてきますよ。遺族の腹の虫が治まるなんてことはないわけですから。一度折れると、この先、どんな要求を突き付けてくるかわかりませんよ」

中村の強硬論に、校長と教頭は表情を曇らせている。

飯島にはなんとなくこの場の空気が読めた。名倉家の要求をすんなり承諾した校長に対して、中村が異を唱えた。その口調には、どこかリーダーの危機管理を批判するような色合いがある。それに対して教頭が弁明し、校長を庇《かば》おうとしている。

「教育委員会にも相談してはどうですか。うちだけで判断するのは危険でしょう」と中村。

「もちろん相談もするし、指示も仰ぐ。しかし最初から下駄を預けるような姿勢も問題でしょう。これは校長先生が決めるべき案件だと思うよ。逆に、教育委員会に頼り過ぎると、保護者に対しても学校が信頼を失うんじゃないかかな」と教頭。二人の言い合いはしばらく続いた。

飯島はまだ若いせいで、教員同士の人間関係にあまり関心を払うことはなかったが、この半月でいろいろなことが透けて見えた。教頭は校長の子飼いで、中村は教育委員会に信頼する上司がいるらしい。派閥があるのは民間企業と同じだ。

「ああ、そこで飯島君だがね」教頭がやっと飯島に話を振った。「君、確か桑畑署の刑事に元同級生がいるとか言ってたよね」

「あ、はい。最初に現場に来た豊川という刑事が高校時代の同級生でした」

「この件に関して、ちょっと伺いを立ててみてはくれんかね」

「ええと、どういうことでしょうか」飯島は意味がわからなかった。

「つまりね、我々も遺族に押し切られた格好で承諾したけど、本音を言えば避けたいことなんだよ。保護者の反発もあるだろうし、もちろん個人情報保護の観点からもいいことではない。警察の捜査がまだ続いている中で、学校が出過ぎた真似《まね》をするのもなんだし……」

「ええ。それで？」

「君からその刑事に相談して、警察の意見を聞いてみてはもらえないかね。遺族からこういう要求をされたが、そちらの捜査に差し障りがあるのではないか、と」

「はあ……」

飯島はここにきて理解した。要するに校長たちも、引き受けてしまったものの、作文を取りやめたいのである。それには警察の指導による中止がもっとも言い訳として立ちやすく、その伝令役として自分は呼ばれたのだ。

「署長さんに直接話を持っていくと、向こうも対応に苦慮するだろうし、こういうのは水面下で話を進めた方がいいんだよね」教頭が声をひそめて言った。

なるほど、誰しも矢面には立ちたくないのだろう。どこも責任者は責任問題を一番恐れる。

「飯島君。これはここだけの話だから」教頭が一呼吸置く。「捜査中なので今は待って欲しいという警察の要請があって、それで先送りするというのが、シナリオとしては正直ありがたい。そうすれば生徒たちには夏休みが待っているから」

「はあ……」

飯島は表情を保ちつつ、脱力した。確かにあと半月も持ちこたえれば、長い夏休みが待っている。それでうやむやにするつもりはなかろうが、時間を置くと立ち消えになってくれる期待はある。

「実際、生徒たちからのヒヤリングは今も断続的に続いているわけだし、警察からすれば余計なことはしてくれるなってところだろうし……」

教頭は言い訳も添えた。

「こういうのは曖昧にしないで、学校の姿勢をびしっと示した方がいいと思いますよ」中村が冷ややかに言った。「名倉家の怒りはおいそれと治まるものじゃないですよ。二学期になっても、三学期になっても、何かしら言ってきます。その都度対応が変わってちゃ、ますます怒りに火が点《つ》くでしょう」

「じゃあ、中村先生はどうしたらいいと思いますか？」

　これまで黙っていた校長が聞いた。

「いじめに関しては学校側があらためて調査をする。それについての報告書を作成し、教育委員会にも名倉家にも提出する。たぶん、マスコミの手にも渡るでしょうから、それも想定してちゃんとしたものを作らなければならないでしょう。で、名倉君の転落死については、警察の捜査に任せ、学校は見守る立場を崩さない。生徒が死んだという重大な事案に対して、捜査権もなく、そのノウハウもない教員が、首を突っ込むのは大変危険だし、生徒の反応もちがってくる」

「生徒の反応とは？」

「教師が取り調べれば、関心を引きたくて、うその証言をする子供が出てくる可能性があるということです。子供はつまらないことで、うそをつくんです。我々はそれを肝に銘じなくてはならない」

「なるほど……」校長が腕組みし、しばし唸《うな》った。

「作文については先送りではなく、勇気をもって断りましょう。遺族の怒りを鎮めるために何かをするというのは、問題の根本的な解決にはなりません」

中村はきっぱりと言った。飯島もその通りだと思った。何をしたって遺族の怒りが鎮まることはない。ひとつ受ければ、次の要求をしてくることだろう。罵声を浴びることになったとしても、最初に態度を表明したほうがいい。よくないのは、その場しのぎの対応だ。

一分ほどそれぞれが考え込む沈黙があり、校長が中村を退席させた。

「ありがとう。参考になりました」

中村は立ち上がると校長と教頭を見下ろし、何か言いたそうな顔をしたまま部屋から出て行った。そのうしろ姿を見届け、校長が口を開く。

「飯島君。やっぱり一度、桑畑署の刑事さんに作文の件、伺いを立ててください。事情を話しても構わない。裏工作と言われようと、我々は遺族と敵対するようなことがあってはならないんだよ。中村先生は強硬なことを言うが、訴訟だけは避けたい。そのためにも、一肌脱いでくれないか」

「はい。わかりました」

飯島は神妙な顔でうなずいた。いやだが、断れるわけがない。

「市川君と坂井君の様子はどうですか」

「静かに学校生活を送っています。さすがに明るさはありませんが、塞ぎ込むようなところはありません」

「試験はどうだったの？」

「よくはなかったです」

「そう。それは仕方がないね。夏休みに取り返せばいい。テニス部の練習は？」

「ほかの部員と一緒に再開しました。ちゃんとやってると思います」

「注意して見てあげなさいね」

「もちろんです。クラスの班ノートも毎日チェックしてます」

「じゃあ、あなたも行っていい。警察の件、一両日中に頼みます」

飯島は会釈して、校長室を辞した。さてと、警察か。伸びをして、大きくため息をついた。面倒なことは、早く済ませてしまいたい。

デスクに戻り、桑畑署の刑事課に電話をすると、幸いなことに豊川は署内にいた。今回の件で話があると言い、面会を求めると、夜にでも来てくれとの返事を得た。はやる口調からして、新たな情報提供と誤解されたかもしれない。

たばこが吸いたくなり、校門の外に出た。たばこに火をつけ、校庭に目を向けると、運動部の生徒たちが練習に精を出していた。まだ高い夏の太陽の下、あちこちで元気のいい声が飛びかっている。夏休みに入ると、どの部もすぐに市大会が始まる。勝ち進めば、先には県大会、全国大会が控えている。夏の大会は、勝っても負けても、中学生のメーンイベントだ。

グラウンドの一番奥のコートで、テニス部が練習をしていた。背の高い坂井はすぐに見つかった。左利きで、凄《すご》い球を打ち返している。市川もいた。坂井とダブルスを組んでいた。夏の大会は、二人がダブルスで出場するのだろうか。

男子テニス部は、一週間の活動停止処分を経て、練習を再開した。部員同士のいじめが発覚したことが処分理由だ。名倉祐一の死については、真相がわかっていないということで保留となった。ただの事故なら、活動を長期間停《と》める必要はないし、先走った真似はかえって誤解を生む。いじめに加わった生徒個人の処分も先送りしたままだ。死との因果関係がわからないから、判断が下せないのだ。

一本をたちまち吸いつくし、二本目に火をつけた。いつも禁煙しようと思っているが、今はその気さえなくなっている。名倉祐一の死体を発見して以来、常に気持ちが波立っているせいだ。

飯島は、校庭に舞い上がる土埃《つちぼこり》の中、部活動にいそしむ生徒たちを眺めながら、命の軽さについて違和感を覚えていた。ここにいる者は、もう誰も喪に服してはいない。自分のことに手一杯で、明日を目指している。

名倉祐一の家族がこの光景を見たら、まるで何事もなかったかのような学校の活気に、気が滅入《めい》ってしまうだろう。あるいは憤怒の情に、身悶《みもだ》えするかもしれない。

校長の判断は案外正しいのではないかと、飯島は思い始めた。遺族から全校生徒の作文を求められて、面と向かって断れる教師などそうはいない。普通の情を持っていれば、黙って聞くという姿勢しか取れない。となると遺族の感情をかわすのも配慮のうちだ。

しばらくその場にいて、三本目のたばこに火をつけた。風がないので、ポロシャツの胸と腋の下がたちまち湿った。夏がいよいよ本番を迎えようとしている。

ショッピングモール内で発生した傷害事件に緊急出動し、プロレスラーかという巨体の中東系外国人を取り押さえ、署に戻ったのは午後八時過ぎだった。豊川康平は久しぶりの捕り物に自分で興奮し、体の火照りがなかなか冷めなかった。市民の前でいい恰好が出来たという満足感もある。

もっとも実際に組み敷いたのは後輩の石井だ。犯人が宙に浮く見事な足払いを見て、柔道の教練をもう少しちゃんとやろうと、豊川は気持ちを新たにした。

だから、元同級生の中学教師が訪ねてくることをすっかり忘れ、デスクの伝言メモを見て、あわてて一階の待合室に降りていく始末だった。

「すまん。事件が発生したんだ。学校に電話を入れればよかったが、気が回らなかった」

豊川は手を合わせて詫《わ》びた。待たされた飯島は怒った様子もなく、苦笑いしている。

「いい、いい。気にしないで。刑事に急な用が出来るのは当たり前の話だし」

「晩飯、食った？」

「ううん。まだだけど」

「裏の喫茶店、食事もやってるところなんだけど、カツカレーが旨《うま》いんだ。行かない？　警察官だらけだけど。今節電で暑いから、みんなそこに避難するんだ」

「うん。いいね」

飯島がうなずくので、連れ立って裏口から外に出た。一緒に食事をするのは初めてである。だいいち顔を知っているという程度の仲なのだ。

案の定、店内は桑畑署の人間ばかりだった。たばこの煙もお構いなく上がっている。

「たばこ吸っていい？」テーブルに着くなり飯島が言った。

「もちろん。教師でも吸うんだな」

「ああ。でも肩身が狭い。喫煙する不良たちに示しがつかないってな」

二人ともカツカレーを注文し、揃《そろ》ってたばこに火をつけた。

「用ってのは何だ。目撃者でも出て来てくれたか」豊川が聞いた。

「いや、そうじゃないんだ。お願い事だ。期待しないで欲しい」

「そうか。まあいいや。願い事って何？」

「実はな……」

飯島から聞かされたのは、実にどうでもいい学校の都合だった。死んだ生徒の遺族から全校生徒に作文を書かせ、それを自分たちに読ませろと要求され、断れなくて困っている。ついては警察から、捜査中なので勝手な調査は控えるよう要請してはもらえぬかという依頼だ。

「そりゃあ虫がよすぎるんじゃないか」

豊川は呆《あき》れ返り、思わず鼻で笑った。警察も幹部は保身に走るが、教育者も同類ということか。

「わかるよ、君の言いたいことは。おれだって、そんな姑息《こそく》な手を使わなくたって、正面から断ればいいだろうって思ったよ。しかしな、遺族の感情を考えると、当面はいかなる衝突も避けたいんだよね。ここで関係がこじれたら、まず民事訴訟を起こされる。加害者となっている親たちも引っ張り出される。今のところ、我々には平身低頭する以外の道はないわけよ」

「なるほど。笑って悪かった」

「子供を亡くした親にとって、学校はもっとも怒りをぶつけやすい標的だ。その学校が理屈で押し返したら、向こうも立つ瀬がないだろう」

「ああ、その通りだな」

「おれさ、学校で生徒が死んだときなんか、校長がひたすら謝罪するのをニュースで見て、なんでもっと毅然《きぜん》とした態度を取らないのかってずっと不満に思ってたけど、実際自分たちの身に降りかかって考えが変わったね。多少理不尽でも反論しちゃだめなんだよ。でないと、遺族はもっと苦しむはめになるわけ」

「ああ、わかる。とくにこんな小さな町じゃ互いに逃げようがないしな」

「ありがとう。わかってくれて。ただこっちも、夏休みに入れば、少しは遺族も落ち着くんじゃないかって、そんな打算もあるんだけどな」

「ふふ。そうだといいがな……。よし、わかった。上に相談してみる。期待にそえるかは知らんが、一応話は持っていくよ」

「すまん。感謝する」

飯島がテーブルに手をついて頭を下げた。豊川はその姿を見て、不思議な感じを抱いた。元同級生は、ちゃんとした大人になっていた。ロックバンドをやっていた高校時代とは打って変わって、話の通じる大人だ。男三十歳、果たして自分はどれほど成長したのか。すぐむきになるところなどは、十代のままだ。

カツカレーが運ばれてきて二人で食べた。「そうそう。子供が生まれるんだってな」豊川が話題を変えた。

「うん。誰から聞いた？」

「野球部OBの小泉。たまたま電話があって、この前、飯島に会ったぞって言ったら、教えてくれた」

「へー、小泉か。懐かしいな。そっちはどうなの」

「おれはすでに子持ちよ。四カ月の息子がいる。父親となれば、こんなおれでも責任感が湧いてきてな。家庭を持つというのは人生の大きな節目だ」

「ふうん。大人だな。こっちはいまだに学生気分のところがある」

「そうなのか？　おれは、おまえが大人なんで感心してたところだぞ」

「おれこそ感心してたよ。現場検証のとき、部下にテキパキ指示を出すのを見て、ああ、こいつはちゃんとしてるなあって――」

二人で顔を見合わせ、あははと笑った。元同級生というのは、同じ時間を過ごしただけに、構えなくて済む。

「ところで捜査状況はどうなの。生徒の聴取はまだ続けるつもり？」

飯島が聞いた。

「言えるか。そんなもの。刑事には保秘義務があるんだぞ」

「ああ、すまん。聞いてみただけだ」

「じゃあおれも聞いてみるが、逮捕補導された四人、学校ではどうなの」今度は豊川が質問した。

「明るさはないが、普通に学校生活を送っているかな。知ってのとおり、坂井と市川はおれのクラスだけど、いい奴らなんだ。不良グループとは一切関係ない。そこはわかってくれ」

「いや、中学生はわからんぞ。大人の知らない顔だってあるだろう」

「それはそうだろうが、あの二人はちがうよ」

飯島が心外そうに言うので、豊川は肩をすくめた。担任にとって受け持ちの生徒は、我が子同然なのかもしれない。

飯島は事件以来、四キロ痩せたと打ち明けた。名倉祐一の担任に至っては、心労から来る自律神経失調症で授業中に倒れ、教師たちが病院に運び込んだそうだ。学校では、多くの人間が精神的ダメージを負っている様子だ。

飯島はカツカレーを半分ほど食べたところで、手を休めていた。

「無理するな。残していいぞ」豊川が言うと、微苦笑し、スプーンを置いた。

残りは豊川が食べることにした。

署に戻り、上司の古田にさっき聞かされた作文の件を報告した。古田は「何だと？」と言って顔をしかめたのち、乾いた笑い声を発した。

「はは。警察をなんだと思ってやがる。おれたちをダシにするとはいい根性だな。狡《こす》っからいと言うか、腰が引けてると言うか」

「でも事情を聞けば、わからないでもないんですが……」

豊川は、飯島から聞かされた遺族への対応の苦慮について説明した。

「しかしな、何でわざわざ警察が恨みを買うようなことをしなけりゃならんのだ」

「ですから、ここはひとつ桑畑に一中に貸しを作っておくということで……」

「ふん」古田が皮肉めかして鼻を鳴らした。「わかった。明日の朝、署長に報告しておく。でも署長のことだから、生徒に作文書かせて警察にも読ませろなんて言い出しかねないぞ」

豊川は黙ってうなずき、デスクで書類の作成を始めた。緊急出動にも、逮捕にも、警察にはすべて書類がついて回る。

「ああ、そうだ。橋本検事が、また少年たちを調べるから協力を仰ぎたいって、おまえを指名してきたぞ」

古田が帰り支度をしながら言った。

「ぼくをですか？」

「少年相手だから若い刑事がいいんだそうだ。あの検事、ブリかと思っていたら、案外ナマズだな」

ブリとナマズは県警の隠語だ。ブリは出世欲の強い検事のことで、ナマズは地味だが正義感の強い検事のことを指す。ナマズは普段川底でじっとしているが、ときどき動いて地震を起こす。

「遺族の家まで行って、母親から涙ながらに訴えられて、これはもっと捜査を尽くすべきだと思ったんだとよ。なかなかの熱血検事じゃねえか」

「そうですね」

豊川は橋本の顔を思い浮かべた。あの童顔の検事が、名倉呉服店まで出向いたとは――。

検事が一番恐れるのは裁判で黒星がつくことだ。黒星ひとつで出世の道は大きく歪む。だから多くの検事は、鉄板の証拠がなければ起訴しようとしない。日本の有罪率九十九・九パーセントという数字には、検事が石橋を叩《たた》いても渡らない側面もあった。警察はその点にいつも不満を抱いている。

書類に向かっていると、食べ過ぎでカレーのゲップが何度も出た。何かのイベントでもあったのだろうか。遠くで打ち上げ花火の音がしていた。

11

市川恵子は落ち着かない日々を送っていた。息子の健太は帰ってきたが、それにはどこか仮釈放といった感がついて回っている。だいいち昨日だって、任意で警察署に呼び出されたのだ。健太は十三歳だから、何があろうが逮捕も起訴も出来ないはずである。それなのにどうしてまだ用があるのか。果たしてそれは法律上、許されることなのか。

警察から出頭要請の電話があったとき、恵子がその点を尋ねると、古田という刑事は、「ご協力願います」と繰り返すばかりだった。言葉は明るく丁寧だが、その奥には権力の刃物がきらりと光っていそうで、抵抗するのが怖かった。きっと拒否すれば、さまざまな報復が用意されているのだろう。インターネットでいろいろ調べてみれば、警察への任意出頭を拒否すると、職場や近所への聞き込みをされたとか、実家まで押しかけられたとか、震え上がるような話がいっぱい出てきた。もしそうなったら、自分などたちまち寝込んでしまうだろう。

当の健太は元気がない。家で仏頂面なのは反抗期のせいで、昨日今日始まったことではないが、明るさがないのは一目瞭然だった。妹の友紀がちょっかいをかけても、相手にならず、夕食を終えるとさっさと子供部屋に入り込んでしまう。家族と一緒にいたくないのか、居間でテレビを見ようともしない。

友人を亡くしたのは当然ショックなわけで、沈み込むのはわかるのだが、恵子の巾には、ほかに理由があるのではないかという疑念がつい首をもたげ、その都度息苦しくなったりした。実を言うと、家族には内緒で病院の神経科を訪ね、精神安定剤を処方してもらっていた。薬がなければ、今は眠りにつくことができない。

健太が児童相談所から帰ってきた夜、夫の茂之と二人で息子に問いただした。恵子は胃がきりきりと痛んだが、これを避けては日常生活に戻れないので、勇気を奮って親子で話し合った。

「何があったのか話しなさい」と説明を求める父親に、健太は当初「何もねえって」と不機嫌そうな態度で答えていたが、「おかあさんに心配かけてその言い草は何だ」と一喝されたら、しばし黙ったのち、口調を改め、「ごめんなさい」とまずは謝った。

健太が言ったことは、以下のような内容だった。その日は放課後、テニス部の仲間五人で部室に集まり、おしゃべりしたのち、部室棟の屋根に上がった。とくに目的はなく、ただ見晴らしがいいからという理由だ。そこから坂井君と金子君が銀杏《いちょう》の木に飛び移り、枝をつたって下りた。健太と藤田君はそのまま屋根から下りた。木に飛び移らなかったのは、ズボンを汚すのがいやだったから。健太がそれをやるのはジャージを着ているときだけだという。そして、名倉君を一人屋根に残して下校した。置き去りにしたのは、名倉君がのろくてイライラしたから。いつものことで、とくに珍しいことではない。

校門では方角のちがう藤田君と別れ、三人で帰った。途中、体操着を忘れたことに気づき、学校に戻った。体操着が入れてあったのは校舎のロッカーで、部室ではない。急いで引き返したので名倉君のことは気に留めなかった――。

茂之は健太の話を聞き、「じゃあ、おまえたちは何もしていないんだな」と念を押した。健太は下を見たまま「うん」と返事した。そのとき恵子は安堵《あんど》から全身の力が抜け、椅子から転げ落ちそうになった。息子を信じてはいたが、もしやという気持ちもゼロではなかった。万が一、息子が名倉君の死にかかわっていて、それを打ち明けられたら――。否定の返事が得られるまでは、生きた心地がしなかったのである。

名倉君へのいじめに関しては、あっさりと認めた。ただし大勢でしていたことで、自分が首謀者ではないとのことだった。やったことは悪いが、死への関与に比べれば、深刻度ははるかに低く思えた。

その夜は久しぶりに眠れた。夢もたくさん見て熟睡とは言い難いが、たまった疲れが抜けるほどには心身を休ませることができた。茂之はいびきをかいて寝ていた。夫のいびきを聞くのも久しぶりだった。

しかし、恵子の安眠も一晩限りだった。翌日、担任と学年主任の家庭訪問を受け、健太たちにはあらためて警察の事情聴取があると知らされ、たちまち気分は逆戻りした。警察と検察は、傷害については矛を収めたが、名倉君の死についてでは幕引きをしたわけではなく、引き続き捜査をするだろうとのことだった。

「長引く可能性もありますので、息子さんを注意して見ていてください」と学年主任は言った。その表情は険しく、学校側も苦慮していることをうかがわせるものだった。

そうなると別の心配が生じた。警察や検察は自分たちのメンツのために、事実を平気で捻《ね》じ曲げる。実際にそうなのかどうかは知らないが、近年の不祥事や冤罪《えんざい》の報道を見ていると、そう思わざるを得ない。

そして名倉家は地元の有力者だ。噂《うわさ》では葬儀の弔問客に警察幹部がいたらしい。きっと政治家や役人にも顔が広いにちがいない。もしも名倉家と事を構えるとなったら、サラリーマン家庭の我が家などひとたまりもないだろう。

まさかとは思いつつ、恵子の想像はどんどん悲観的な方向へと進んでいった。健太が大人たちに脅され証言を翻すとか、突如第三者が現れ、その目撃証言で健太を犯人にされてしまうとか――。

幕引きの宣言がなされるまで、安閑とはしていられない。だから毎日が憂鬱でたまらない。


その日、電話が鳴ったのは午前九時丁度だった。まるでその時間が来るのを待ってかけてきたようなタイミングに、恵子は不吉な予感がした。そもそも今の状況で、いい知らせなど期待できるわけがない。

ナンバー表示を見ると、中学校からだった。今度は何だ。健太は教室で授業を受けている時間だ。

恐る恐る出ると相手は教頭で、おたくの家の電話番号を名倉家に教えてもいいかという伺いの電話だった。名倉家と聞いてどきりとする。

「個人情報保護法により、ご本人の許可なくしては保護者間でも教えられないものですから……」

教頭が低姿勢で言った。

「そうですか。じゃあ、よろしいですけど……」恵子が答える。いやだといえるわけがない。「あの、どういう用件なんでしょうか」

「それはわかりません」

質問を拒絶するような言い方で、それ以上は何も聞けなかった。

電話を切ると、たちまち全身から血の気が引いた。もうすぐ、名倉君の親から電話がかかってくる。母親だろうか、父親だろうか。そしてどういう用件なのか。

一瞬、留守にすることも考えた。買い物に出かけるとか、図書館に行くとか。しかし、たった今学校からの電話に出て、名倉家の電話には留守電で応じるというのは、あまりに見え透いた逃避である。相手はさぞや気分を害することだろう。

茂之に出てほしいが、もちろん会社である。家には自分一人しかいない。専業主婦はなんて損なのかと恵子は思った。家のことになると逃げる先がどこにもない。

もう何も手に着かなくて、台所の後片付けも掃除も放棄した。つけっぱなしにしてあったテレビも消した。ただ腹を空《す》かした熊のように、部屋の中を右往左往している。

次に電話が鳴ったのは二十分後だった。待ち構えていたのに、全身が震え上がってしまった。登録外の知らない番号は、たぶん名倉家だ。このまま逃げ回ることはできない。神様、向こうの親が怒鳴り出しませんように――。息をのんで受話器を取り上げた。

「市川さんのお宅でしょうか。わたし、名倉祐一の叔父で、名倉康二郎と申します」

男の声が耳に飛び込む。叔父と聞いて、助かったと気を持ち直した。親だろうと覚悟していた。

「中学校から連絡先を聞きまして、名倉祐一の母親の代理として電話をさせていただきました。今電話よろしいでしょうか」

「あ、はい。いいです」でも声がうわずった。心臓もどくどくと躍っている。

「実は、おたくの息子さんをはじめとする、テニス部のいつもの四人のお子さんたちに、ここらで一度、家まで来ていただいて仏壇の遺影に手を合わせてもらえないかというお願いなんですけどね」

「あ、はい……」

「告別式のときは、みなさん、警察署だったり、児童相談所だったり、そういうところにいて、参列できなかったわけですが、やっぱり毎日一緒に過ごした間柄でしたし、お別れぐらいはしていただきたいと……」

「はい……」恵子は答えながら、胃が痛くなった。これは断れる話ではない。友人だったから焼香をするのは当然の礼儀だ。

「納骨はまだなので、祐一のお骨は仏壇にあるんですよ。そこにですね、形だけでもいいですから……。今度の日曜日の午前十時にいかがですかねえ」

「はい、わかりました。うかがわせていただきます」

恵子は即答した。自分も行くべきか、頭の中で思考がぐるぐると回る。

「お子さんだけで結構です。みなさん、そうしていただきます」見透かしたように叔父が言った。「ついでですから、あの日のことも聞かせていただけたらと思います」

「はい……」

息子は問い詰められるのだろうか。背筋が凍りつき、返事をするのが精一杯だった。

「それではごめんください」

叔父は最後まで慇懃《いんぎん》に言葉を連ね、電話を切った。

恵子は腰がくだけてその場にへたり込んだ。どうしよう——。承諾したものの、行かせるべきなのか。健太を名倉家に行かせて、そのあとどんな事態に及ぶのか。もしかして両親になじられるのだろうか。十三歳だから、大人にそんなことをされたら、萎縮して不利なことでも押し付けられてしまいそうだ。

しまったな――。恵子は自分の判断の甘さを呪った。そもそも、息子が児童相談所から帰ってきたときに、親子で名倉家を訪ねるべきだったのだ。もちろん、家には上げてもらえないだろうし、そこでひと悶着《もんちゃく》起きたかもしれない。しかし罵声を浴びたとしても、息子がいじめに加担したことを詫《わ》び、自ら謝罪に出向いたという既成事実を作っておくべきだった。

健太が児童相談所に送致されて以来、恵子の中には、怖いことはすべて先送りしたいという逃げの姿勢があった。家で布団を被《かぶ》っていれば、もしかしてすべて終わってくれるのではないかという、子供のような甘い考えがあった。冷静に考えるなら、名倉家に対してモラトリアムを決め込んだというのは、非常識極まりない態度だった。もしも逆の立場だったら、自分は絶対にキレてしまうだろう。

恵子の喉の奥から、逃げ出したいような、追い詰められたような、名状しがたい感情がこみ上げてきた。誰か助けてくれないものか。先行きの不安に、自分は押し潰されてしまいそうだ。

すぐに夫に連絡を取ろうとしたが、どうせ仕事中でろくな対応をしてくれないだろうと思い、やめた。

恵子は大いに不満だった。茂之はこの件に関して、家長の役目をはたしていない。名倉家への対応にしても、真っ先に訪問することを決断し、健太を連れて頭を下げてきて欲しかった。そういう危機管理が全くできていない。と言うより、妻任せにしようとしている。どうして家族を守ってくれないのか。受け身でいることが不満でならない。

あの叔父は、今頃ほかの三人の親にも電話をかけていることだろう。となると、坂井君の母親からは真っ先に電話がかかってきそうだ。とりあえずそれを待とう。今は誰かと不安を語り合いたい。そうだ。この場合、子供に香典を持たせるべきだろうか。いや、子供に持たせるのはあまりに無責任だ。しかし手ぶらで行かせていいものか。わからない。見当もつかない。

恵子はじっとしていられなくて、うろうろと家の中を歩き回った。

名倉家から職場の工務店に電話がかかってきたのは、午前十時過ぎだった。坂井百合は受話器を取り上げ、「はい山根工務店です」と応対したところ、「名倉と申しますが、坂井さんはいらっしゃいますか」

という男の声が聞こえたので、一瞬にしてパニックになった。

名倉祐一の父親からだ。いったい何を言われるのか。受話器を持つ手が震え、言葉を失った。どうしよう、不在だとうそをつくか。まさか、そんなものすぐにばれてしまう。

「はい、わたくしですが」答えながら、心臓が一緒に口から出そうになった。

幸いなことに電話の主は、名倉君の父親ではなく叔父で、落ち着いた口調だった。恨み言をぶつけられることもなかった。ただし今度の日曜日、瑛介が名倉家を訪問することを求められ、承諾してしまった。祐一君の遺影に焼香をしてもらえないかという申し入れで、市川健太君たちも呼ぶとのことだった。

電話を切ったあと、猛烈な恐怖に襲われた。子供たちだけを集めて、名倉家は何をしようとしているのか。焼香をさせて、お悔やみの言葉を聞いて、それで終わるとは思えない。普通に考えるなら、あの日何があったかを問い詰めるに決まっている。

すぐさま市川君の母親に電話しようとしたが、それより先に弁護士のアドバイスを受けたほうがいいと思い、あのいけ好かない堀田弁護士の事務所に電話をかけることにした。瑛介が釈放されてからは、一度も会っていない。警察から息子に対して再び呼び出しがあったとき、任意だから断れないのかと相談したことがあったが、「断ると余計に面倒だから、受けといて」という短いやりとりがあっただけだ。

それにしても考えが甘かった。瑛介が家に帰ってきて、なにやらすべてが終わったような気になっていたが、名倉祐一の死に関してはまだ結論が出されていないのである。遺族はさぞや納得がいかないことだろう。いじめた生徒とその親からは、謝罪もなければお悔やみの言葉すらない。怒って当然といえば当然だ。

しかし、名倉雄一の死といじめとの因果関係がはっきりしない以上、百合としても迂闊《うかつ》な謝罪は出来ないのである。この点に関しては、堀田弁護士からきつく厳命された。こちらからは不用意にアクションを起こさないように、と。

ふと視線に気づくと、社長が百合を見ていた。「百合ちゃん、どうかした？」心配そうに聞く。

「いえ、何でもないです」咄嗟《とっさ》に笑顔を取り繕った。

「電話、誰からよ」

「ええと……実は名倉さんの家からかかってきました。死んだ祐一君の叔父さんに当たるとかいう人です」

「あっ。名倉呉服店の専務だ。あの気障《きざ》な男」社長が顔をしかめて言った。

「知ってるんですか」

「出しゃばりで有名。商工祭のときなんか何かというと仕切りたがる。で、何だって？」

社長の問いかけに百合が事情を説明すると、うーんと何秒も唸《うな》り、「それは困ったなあ」と親身になってくれた。

「まあ、でも、断れないわな。向こうの親の気持ちもあるだろうし、百合ちゃん、大変だろうけど、しばらくは耐えるしかないよ」

百合にはは社長の励ましがうれしかった。シングルマザーだから、家に帰っても相談する相手がおらず、常に孤独と闘ってきた。毎日のなんと長いことか。

しばらく仕事に戻り、社長が出かけたときを見計らって、堀田弁護士の事務所に電話をした。

「はは。そろそろかかってくると思ってた」

電話に出た堀田は開口一番、笑ってそう言った。

「つい今しがたまで、藤田さんから相談を受けてたところ。じゃあ次は坂井さんだなと。あのね、先方の要求、断ったりしないでね。そりゃあ子供たちが問い詰められるとか、いじめをなじられるとか、そういうの、あるかもしれないけど、あんたたちが拒否してこじれるほうがもっとややっかいだから。こういうの、遺族が感情的になると手が付けられないからね。だから息子さん、行かせてね」

堀田のあっけらかんとした物言いに、百合は返事も出来なかった。

「ただし、息子さんたちには、余計なことを言わず、下を向いてろって。それだけ言っておいて。もしかしたらだけど、向こうが隠しマイクで会話を録音する可能性もあるからね」

隠しマイクと聞いて、背筋がひんやりした。名倉家はそういうことをするつもりなのか。

「あのう、わたしはどうすればいいんでしょうか……」百合が聞いた。

「何もしなくていい」堀田が命令口調で言った。「あのね、噴火してる火山をのぞく馬鹿はいないでしょ。溶岩の噴出が収まってから、そっとのぞくのが賢い人間なわけ。今は遺族を刺激しないのが一番。坂井さん、そんなに怖がりなさんな。検察の取り調べが続いているけど、よほどの証拠が出てこない限り、殺人罪での立件なんて無理に決まってんだから」

「はい……」

「それじゃあ切りますよ。わたしも忙しいからね」

堀田は突風のようにまくしたて、電話を切った。社長との会話から一転して、外国で置き去りにされたような心細さだけが残った。どうして堀田は、毎度人を小馬鹿にしたような言い方をするのか。

こんな弁護士に二十万円も払うのかと思うと、百合は世の中に嫌気がさした。それは自分の給料より高い金額なのだ。なんという不条理か。

五秒おきにため息が出て、仕事にならなかった。書類の文字や数字が、ちっとも頭に入らない。市川恵子に電話をする気力もなくなった。母親仲間と不安を分かち合いたいが、所詮は他人なのである。

健太君は十三歳で、仮に最悪の事態に陥ったとしても、罪に問われることはない。市川恵子とは気安く話をする間柄だったが、急に引き離された感じがした。法律はどうしてこのような不公平を生んで平気でいるのか。きっと国家というものは、個々の事情を切り捨てるところで成り立っているのだ。だから弱者の側に回ると、話も聞いてもらえない。

逮捕補導された生徒の親たちとは、釈放されて以降連絡を取っていなかった。本来ならば寄り集まって、情報を共有し合うとか、今後の対策を練るとかしたほうがいいのかもしれないが、リーダー役を引き受ける人がいないのか、それともほかの家庭と関わりたくないのか、音沙汰はなかった。

百合自身の中にも、悪いのはほかの子だという思いがあった。瑛介は体が大きいし、周りが勝手に畏れてくれるから、誰かをいじめる必要などない。ウサギをいじめるのはライオンではなくキツネなのだ。もっとも、ほかの三人の親たちも同じようなことを考えているにちがいない。みんな可愛《かわい》いのは我が子だけだ。

今度の日曜日か――。窓の外に目をやり、裏山の緑をぼんやりと眺めた。夏はすっかり本番だ。瑛介もあと少しで夏休みだ。

行かせるの、やめようか。どうせ名倉祐一の親は、子供四人を集めて問い詰めるに決まっているのだ。とくに母親のほうは、外交的で口達者な商売人だった。黙っていられる人間ではない。

しかし行かせないと堀田弁護士に叱られる。それにますます関係は悪化するだろう。さらにはほかの三人の親からも何か言われそうだ。

百合は憂鬱でたまらなくなった。釈放以来、瑛介との会話はほとんどなくなった。話しかけても短い返事が返ってくるだけで、瑛介から口を開くことはない。

百合は、名倉祐一が死んだ日のことを息子に問いただしていなかった。最初は疑う気持ちなど微塵《みじん》もなく、ただ帰ってきたことをよろこんでいた。その状態を維持したくて話題を避けてきた。要するに、百合自身が現実逃避しているのだ。

窓の外では、上空にトンビが二羽舞っていた。つがいだろうか、親子だろうか。どこにでも行ける鳥が羨ましかった。人間は、生まれ育った地域から容易に逃れられない。

百合は空を見上げながら、再度、深々とため息をついた。

県警の記者クラブでデータ整理をしていたら、一国新聞の長谷部が衝立《ついたて》からぬっと顔を出し、「高村君、昼飯食った？」と聞いた。

「いえ、まだですけど」高村真央が答える。

「長寿庵から出前を取ったんだけど、取った人間が急用でデスクに呼び出されて、余っちゃったのよ。カツ丼だけど。ダイエット中じゃなきゃただであげる」

「あ、払います。おなか空いてたし」

「いいよ、うちで奢《おご》るよ。カツ丼ぐらい」

「わーい。うれしい」

高村は若い女らしくシナを作り、甘えることにした。

昼食の場は共有スペースのテーブルである。ここにはテレビもあり、記者たちが社を超えて集う場所だ。行くと、長谷部はざる蕎麦《そば》を食べていた。

「長谷部さんがざる蕎麦で、女のわたしがカツ丼ですか。人が見たら何か言われそう」

「おれは明日、健康診断があるの。前日に脂っこいものを食べたり、酒を飲んだりすると、中性脂肪とコレステロール値にてきめんに出ちゃうんだよね。おれももう若くねえな」

三十代半ばの長谷部が鼻に皺《しわ》を寄せて言う。二十四歳の高村にはまだ実感できない分野の話だ。今はどれだけ食べても一グラムも増えない。早速カツにかぶりつく。

「ところで、桑畑二中の件だけど、まだ取材はしてるの」長谷部が聞いた。

「いえ、とくには」

「名倉祐一の母親に話を聞いたんじゃないの」

「告別式の日に話を聞けたんですが、何も書いてません。切り口が見つからないんですよ。いじめは実際にあったわけですけど、それと生徒の死の因果関係がはっきりしない現段階では、記事の書きようがないというか……。自殺だったらまだしも、それもないわけですから」

「橋本って検事はまだ粘ってるみたいだけどな」

「そうらしいですね。一課長も桑畑署の署長も感心してました。彼はなかなかの熱血漢だって」

「真相を追及するとかじゃなくて、検事のストーリーで書いたらどうよ。だったら結論はいらないだろう」

「まあ、そうですけど……」

「中学校で生徒が死んだ。それを事件とする目撃証言も物的証拠もない中で、一人の若い検事が捜査に奮闘する。検察庁によろこばれるぞ」

「長谷部さん、どうして自分で書かないんですか？」

「うちはだめだ。担当役員からDTの指示が出た」

「何ですか、ディーティーって」高村が聞いた。

「ドント・タッチ。触るなってこと。悲しいね、地方紙はしがらみが多くて。名倉呉服店を含む地元商工会と有力県会議員、どっちも敵に回したくないから何も書けないの。小さな町だと、どう転んでも禍根を残すし、その評判が一生ついて回る。よそ者が裁いてくれる方がありがたいのよ。全国紙とか、検察とかね」

長谷部は皮肉めかしてそう言い、食べ終えた後のそばつゆを酒のようにちびちびと舐《な》めた。すぐ横では扇風機がせわしなく首を振っている。

高村は黙ってカツ丼を食べ続けた。確かに地方紙は制約が多い。広告主が地元企業だから、自然と全方位外交的になる。

「それともうひとつ、全国紙が先に書いてくれると、うちも書き易くなるからね。このまま続報がないと、一般市民も納得がいかないでしょ。県議の富山誠一がもみ消したとか、そのうち噂《うわさ》になるに決まってるんだから」

「わかりました。上司に相談してみます」

高村は、名倉寛子と会ったときのことを思い出した。我が子を失うとはどういうことか、その絶望と悲しみは少ない言葉からもひしひしと伝わり、高村自身まで打ちひしがれてしまった。これで事件か事故か曖昧なまま幕引きをされたら、たまったものではないだろう。

「公正を期して、いじめの加害者の家を訪ねるなんてのもいいんじゃない。向こうは向こうで我が子を守りたい一心だろうし」長谷部が付け加える。

「そうでしょうね」

高村はその意見に同感だった。ただし、かなり気の重い取材になりそうだ。今、桑畑の町は、一人の少年の死によって静かに揺れている。当事者のそれぞれに立場と言い分があり、守りたいものがある。

「焚《た》き付けるようでなんだけど、おれとしては――」長谷部は首を伸ばして自社の人間がいないことを確認し、小声で言った。「うちの役員どもに少しは反省させたいんだよね。全国紙がやってるのに、うちが口をつぐむなんてのは地元紙として失格だろうって」

高村はそれには答えないで、微苦笑した。会社の事情はどこにでもある。社会人になって二年目、正しいことがいとも簡単に押しやられる場面を何度も見てきた。

とりあえず上司の斎藤に相談しようと思ったが、「下取材もせずに持ってくるな」と叱られるのが落ちなので、勝手に動くことにした。幸いなことに大きな事件も事故もなく、時間は比較的自由に使える。

「高村君、いい食べっぷりだねえ」

五分でカツ丼を食べ終えたら、長谷部にからかわれた。記者になって早食いが習慣になってしまった。高村は一人で顔を赤らめた。

机に戻り、地検に電話をしたら、橋本検事は公判中で連絡はつかないと担当事務官に言われた。今日は公判が複数重なり、時間を取るのは無理とのこと。検事は一人で何件もの事案を掛け持ちする。その忙しさは売れっ子アイドル並みだ。だから、自ら仕事を増やそうとする橋本に、警察は一目置くのであろう。

再度連絡する旨だけを伝え、続いて逮捕補導された生徒の親を訪ねることにした。当って砕けろの、アポなしの飛び込みだ。

一番厄介そうなのは県議の親戚がいて、早々に弁護士を雇った藤田一輝《かずき》の親である。普通なら後回しにしたいところだが、「仕事はいやなことからやれ」と斎藤に言われていた。よし行こう、と自分を励ました。

後輩に留守番を頼み、歩いて三分の支局で車をピックアップして、藤田家に向かった。これまで得た情報で、父親は地元建設会社の役員、母親は専業主婦だとわかっている。加害者四人の中では一番裕福だ。母親が県議・富山誠一の娘に当たる。

新興住宅街にある藤田の家は、名倉呉服店とは比べるべくもないが、瀟洒《しょうしゃ》な二階建てだった。ベランダには洗濯物が風になびき、門から玄関に続く花壇には色とりどりの花が咲き、一見すればいかにもしあわせな中流家庭に見える。

深呼吸してチャイムを押す。出たのは母親だった。高村が名乗り、話を聞かせていただけないかと頼むと、予想した通り、即答で拒絶された。

「事件の真相を追及するとか、そういうのじゃないんです。わたしは、この出来事に関して、できるだけいろんな立場の人の意見や心境をうかがいたいと考えておりまして……」

インターホンのカメラに頭を下げ、懸命に訴えたが、スピーカーを通じて返ってくるのは、「そっとしておいてください」「もう来ないでください」という悲痛な声のみである。

しつこく食い下がってもいいことはないので、一旦車に戻った。そして鞄《かばん》から便箋を取出し、手紙を書いた。取材趣旨を訴え、ポストに入れておけば、読んで考え直してくれるかもしれない。

文章をひねっていると、藤田家の門扉があいた。はっとして振り向くと、母親が姿を見せ、運転席の横まで小走りにやって来た。高村があわててウィンドウを下げる。

「記者さん、近所の聞き込みっていうの、するんですか」

母親が身をかがめ、声を低くして言った。

「あ、いえ……」

「やめてください。そんなことして、何を書こうっていうんですか」

「あの、ですから、わたしは……」

母親の必死の形相に、高村は思わずたじろいだ。

「もう勘弁してください。うちの一輝はもう釈放されたんですよ。もう終わりなんじゃないですか。子供を相手に何をしようっていうんですか。一輝がまた不登校になったら、どうしてくれるんですか」

「ええと……不登校、ですか？」

高村は驚いた。藤田一輝に不登校の前歴があったとは初耳である。

「今回のことを作文に書けとか、名倉君の家に行って仏壇に手を合わせろとか、そりゃあ向こうの気持ちもわかりますけど、事故は事故なんだからしょうがないでしょう」

「あの、すいません。作文って何ですか？」

「学校で命令されたんです。息子が。そういうの、おかしいと思いませんか？　越権行為でしょう」

「わたし、そのへんのことは知らないんです。近所の聞き込みもしません。ですから、ゆっくりとお話を……」

高村が車から降りようとすると、母親はドアを押し返し、「いやです。もう来ないでください」と涙声で懇願した。

逃げるようにして門の中へと駆けて行く。高村はそのうしろ姿を見送るしかなかった。もう一度チャイムを押す勇気はない。

高鳴る胸を押さえながら、手紙の続きを書こうとしたが、肘が震えてミミズがのたくったような文字になった。その便箋を破り捨て、書き直す。

これほど生の感情をぶつけられたことは、記者になって初めてだった。いや、生まれて初めてかもしれない。背中を汗が伝い、喉がからからに渇いていた。

12

四月も下旬になって、クラスがだいぶん馴染《なじ》んできた。いつもにぎやかで、みんな積極的に発言する。雰囲気がいいのは、笑わせ役や仕切り役がちゃんといるからだ。安藤朋美は、担任の飯島から女子の学級委員に指名されたが、このクラスなら文句はなかった。

B組の親友・愛子は、「いいなあ、A組は」といつも羨ましがった。B組は不良の井上がクラスを引っ掻《か》き回しているらしい。気に食わないと言っては、一部男子に暴力をふるうので、雰囲気が悪くて仕方がないとのことだ。きっと名倉あたりが犠牲になっているのだろう。廊下でプロレス技をかけられている場面に何度も出くわした。

朋美の毎日が楽しいのは、坂井瑛介と市川健太と同じ班になったからだ。A組の班の決め方は、先に班長六名を決め、その班長がメンバーを募集するというやり方だった。仲良しがクラスにいない子や、引っ込み思案の子には可哀想《かわいそう》なのではないかと思ったが、飯島はそんなことにはお構いなく、「入りたい班ぐらい自分で決めろ」と言った。印象として、この先生は放任主義だ。

その班を決めるとき、班長である朋美の募集に、瑛介と健太が真っ先に手を挙げた。彼らは同じ班になりたくて、打ち合わせをしていた様子だった。女子が班長だと男子が遠慮する裏をかいた頭のいい作戦だと思った。きっと健太のアイデアだ。

席は班ごとに固められ、社会科の研究発表や理科の実験は班単位なので、いつも会話を交わすことになった。朋美の席のうしろは瑛介と健太で、漫才のようなやりとりは聞いているだけで楽しい。

この日はホームルームで、ゴールデンウィーク中の学校行事である球技大会のチーム編成を決めた。男女とも、バスケットとバレーとハンドボールを一チームずつ出すことになっている。二年生の四クラスで総当たり戦をやるのだ。

「はい、はい。提案」

健太が真っ先に発言の許可を求める。何か言いたそうでうずうずしていた。

「どうせなら男女とも勝てる競技に絞って、そこに有力選手を集めるのがいいと思います」

「どういうこと？」朋美が聞いた。

「だから、球技の得意なやつを、バスケならバスケに揃《そろ》えて、その競技で優勝を目指すわけ。で、ほかは捨てる」

「えー。わたしは反対です」朋美は即座に反対した。そんなことをしたら、運動の苦手な子がみじめな扱いを受けるだけだ。だいいち誰が選ぶのか。

「安藤は司会役だろう」

「でも一票はあるもん」

「じゃあ、なんで反対なんだよ」

「だって、そういう決め方にしたら、球技の苦手な子はどうするのよ」

あまり具体的なことは言いたくないので、飯島に助けを求めようと見たら、ポーカーフェイスで視線をそらされた。

「じゃあ、女子は女子で決めろよ。男子はバスケで最強チームを作ろうぜ」

健太が尚《なお》も主張し、反対する男子がいないので、別々に決めることになった。男子の学級委員は、勉強は出来るが大人しい子なので、押し切られてしまっている。教室の前とうしろで、男女が分かれた。

女子は最初に競技別に希望者を募り、話し合いとジャンケンで調整することにしたら、割とすんなり決まった。女子は勝敗より、仲良しグループで楽しくやりたいのだ。我を張る子は一人もいなかった。

男子は健太が中心になって、独断で決めていた。聞こえてくるのは一部の男子の声だけだ。健太と瑛介の二人に、運動の得意な三人が加わり、バスケのチームを結成する。それが決まると、あとは関心がなくなり、学級委員に投げ出した。

「ほかは適当に決めてくれ」そう言い放ち、見物に回っている。

朋美は見ていて呆《あき》れた。健太はクラスのリーダー格なのに、どうしてこんな身勝手な振る舞いが出来るのか。異議を唱えない男子たちもどうかしている。運動が苦手な子は、馬鹿にされているのだ。

朋美が感じるところ、男子は学校生活において、どこか弱肉強食を受け入れている節があった。このホームルームがいい例だ。弱い男子はほぼ黙殺され、反論もない。女子だったら、健太のような意見はまず出てこない。
「よし。絶対に優勝するぞ」男子のバスケチームが盛り上がってい
る。飯島は最後まで生徒の自主性に任せ、口を挟まなかった。

球技大会はゴールデンウィークの真ん中の平日に行われた。どうせ
授業に身が入らない一週間だから、学校行事は生徒も大歓迎だ。
校庭にいくつものコートが白線で描かれ、砂埃《すなぼこり》が舞う中、男女のに
ぎやかな声が飛び交った。朋美はバレーチームに入ったが、あまり強
くなくて、初戦は簡単に負けてしまった。クラス対抗リーグ戦でワン
セット・ゲームを最低三試合行うのだが、あまり期待できそうにない。
下手な子が一人いると、そこを狙われてしまうのだ。

狙われた子は気の毒なくらい意気消沈していた。そんな意地悪をしなくてもいいのにと、朋美は腹が立ったが、試合だから文句も言えない。負けるとやっぱりフラストレーションが溜《た》まった。

女子ですらそんな非情なところがあるのだから、男子ともなればもっと残酷で、下手な子は徹底的に餌食にされた。「おい、あの小さいの、穴、穴、穴」男子は試合中、そんな会話をうれしそうに交わし、スパイクの標的にするのだ。そしてほかの男子は、下手な子を庇《かば》うこともなく、非難の視線を向ける。見ている先生たちも、とくに注意することはない。まったく男子に生まれると大変だ。

男子のバスケチームは初戦を難なく勝利した。運動の得意なメンバーで固めたのだから当然だろう。初戦は時間が合わなくて見られなかったが、二戦目は空いていたので応援に行った。場所は体育館で、対戦相手はB組。だから愛子と一緒の観戦だ。

「うちは強いよ。坂井君と市川君がいるからね」朋美が自慢する。

「はい、はい。どうせB組は負けます」愛子は最初からあきらめていた。

コートに選手が入り、試合が始まろうというとき、三年生の不良グループがぞろぞろとやってきた。壇上で寝そべる。「おい、井上。てめえ負けやがったらヤキだからな」乱暴なヤジを飛ばし、みなでイヒヒと笑っている。一学年ちがうだけなのに、大人に見えた。

B組のチームには井上がいた。眉を細くして、いかにもガラが悪そうだ。体操着だって、私服のTシャツだ。一人だけ粋がり、A組の男子をにらみつけた。健太は表情を曇らせている。瑛介は不愉快そうな顔でにらみ返した。

「井上。そのでけえの、二年生の番長か。おまえ、お手柔らかにお願いしますって、挨拶しといたほうがいいんじゃねえのか」三年生の一人が、瑛介を顎で指してからかう。

「先輩、勘弁してくださいよ。知りませんよ、こんなやつ」と井上。瑛介は三年生を無視した。

B組のチームには名倉祐一もいた。小さいからいやでも目立つ。いかにも寄せ集めといった感じだ。朋美は容易に想像がついた。誰も井上と同じチームで球技大会になど出たくない。残りくじを引かされたメンバーなのだ。

コートの周りに不穏な空気が漂い始めたところで、ゲーム開始の笛が鳴った。圧倒的にA組が強かった。定規で線を引いたようにパスが通り、ポイントゲッターの瑛介がゴールを決める。メンバー全員がうまくて、B組相手では勝負にならなかった。

「おい井上。おめえ、情けねえ野郎だな」

「ヤキは決定だな」

「せめて見せ場くらい作れよ。乱闘でもやっか？」

三年生が口々に罵声を投げかける。朋美たち女子が「坂井君、シュート！」と声援を送ると、その声色を真似《まね》て言い、ゲラゲラと笑った。

そして大差がついて、ハーフタイムでコートチェンジをしたとき、見るからにイラついている井上が、すれ違いざま、健太の肩に体当たりした。

「何すんだよ」健太が血相を変えて抗議する。

「うるせえ。やんのか」井上も目が血走っていた。

「審判、退場させろ」

健太が訴え、審判を務めるバスケット部員が井上に形だけの注意をしたが、もちろん反省の色などない。そして後半になるとラフプレーはさらにひどくなり、相手選手を引っ張ったり、抱きついたりと、したい放題だった。

さらには同じチームの名倉にも八つ当たりし、パスミスをすると、飛び膝蹴りを見舞ったりした。まるで野生の猿だ。

「おい、井上。いい加減にしろ！」とうとう瑛介が声を荒らげた。

「真面目にプレー出来ねえのなら出ていけ！」

「うるせえ！」

井上が、ボールを瑛介に思い切り投げつけた。瑛介はそれを手で払い落とす。両者がにらみ合った。

応援の生徒全員が黙った。何事かと、隣のコートで試合をしている生徒たちもプレーを中断した。朋美は目で先生を探した。このままでは喧嘩《けんか》になる。

「やれ、やれ。井上。負けんなよ」三年生が煽《あお》った。

井上は、引くに引けなくなったのか、助走をつけて瑛介に蹴りかかった。瑛介は避けることなく逆に突進し、井上に体当たりした。井上はあっけなく床にたたきつけられ、大きな音が体育館に響いた。

「ねえ、先生呼んで来よう」愛子が朋美の腕を引っ張る。弾《はじ》かれたように二人で体育館の横扉から飛び出した。出てすぐの中庭に体育の男の先生がいた。丁度よかった。柔道部の顧問で、男子がみな恐れている先生だ。

「先生、先生。体育館で喧嘩です」

朋美が言うと、体育教師は「何！」と顔色を変え、諍《いさか》いごとがうれしいのかと思うくらい急に張り切り、体育館に駆け込んだ。

「こらーっ。おまえらそこで何をしてるか！」

体育教師が三年生の不良たちに向かって怒鳴る。朋美が見ると、瑛介と井上の喧嘩は終わっていて、瑛介一人が三年生に取り囲まれていた。体育教師が割って入る。

「二年生の試合だろう。なんでおまえらがここにいる！」

「いちゃいけねえのかよ」

三年生があごを突き出して言い返すので、朋美はびっくりした。大人の、先生に向かって——。

「おまえら全員、職員室に来い！」

なめられてたまるかとばかりに、体育教師が声を張り上げた。騒ぎを聞きつけたほかの教師も走ってきた。

三年生と瑛介が教師たちに連れて行かれた。井上は輪の外にいたので免れた。残された生徒たちはただ立ち尽くしている。

喧嘩の相手がいなくなった井上が、理由もなく名倉にプロレス技をかけ、締め上げている。たまたま体育館にいた藤田と金子も追いかけられ、蹴られたりした。井上の暴れ方は脈絡がなく、暴力が好きとしか思えなかった。

健太は憂鬱そうにしているだけで、井上の行為を止めなかった。表情は暗く、三年生が出てくるのならもう関わりたくないといった様子に見えた。

試合はコールドゲーム扱いでA組の勝利になったが、もちろんクラスの誰もよろこばなかった。

ゴールデンウィーク明けの昼休み、瑛介が三年生の不良グループに呼び出された。市川健太は、もしかして自分もその後で呼ばれるのではないかと思い、生きた心地がしなかった。井上など怖くもないが、三年生の不良たちからにらまれたくない。

球技大会のとき、柔道四段の体育教師に刃向う不良たちの姿を見て、住む世界がちがうと思った。深夜に徘徊《はいかい》したり、他校と喧嘩をしたりする連中なのだ。もし囲まれて脅されたら、足が震えてしまうだろう。

だから瑛介が呼び出されたとき、付き添うという選択肢は最初からなかった。情けない話だが、健太は怖かったのだ。

瑛介に軽蔑されたかもしれない。親友ならば、こういうときにこそ力になってやるものだ。それなのに自分は逃げた。

教室に一人でいたら、朋美から「坂井君はどうしたの」と聞かれた。いつも兄弟のように一緒にいるから、一人だと不思議がられるのだろう。健太は答える元気もなかったので、生返事をしただけだった。

「何よ、市川君。暗い顔して。何かあった？」

「うるせえよ」

朋美はおせっかいなので、ときどき鬱陶しくなる。

話を聞きつけて、藤田と金子が隣の教室からやってきた。「おい、瑛介が三年生に呼び出されたんだって」二人とも顔色がなかった。

「井上はバックに三年生がついてるからなあ」

「そのバックには高校生がいるっていうし」

口々にそんなことを言うので、健太はいっそう憂鬱になった。こういうとき、中学生は頼る相手がいない。親と教師は、そもそも生息地がちがう。インパラが象に助けを求めても、豹《ひょう》には知ったことではないのだ。

しばらくして瑛介が教室に戻ってきた。健太たちを見て、薄笑いした。その表情には深刻な様子はない。大丈夫だったのだろうか。

「あーあ、疲れちまったよ」明るく言って、乱暴に椅子に座った。

「どうだった？」健太が聞いた。疾《やま》しさがあるので、問いかけも遠慮気味だ。

「三年の米田さんっているだろう。おれよりゴツい人。あの人がおれに、井上と仲良くしてやってくれって――」

米田というのは、不良の中でも一番目立つ人である。昔で言えば番長だ。

「要するに、隣同士で毎日にらみ合っていくのもナンだし、おれの前で手打ちしねえかって、そういう話よ」

「へー」三人で間抜けな返事をした。拍子抜けしたからだが、もちろん安堵《あんど》する気持ちのほうが大きい。

「脅されなかったのか」藤田が聞いた。

「いや、別に。米田さん、笑ってたよ。おめえ、喧嘩強いんだってな、今度一中と出入りになったら、声かけるから助けてくれって――」

瑛介は機嫌がよかった。戦場から帰還した兵士のように誇らしげでもある。

「で、井上は何だって?」金子も聞いた。

「あいつも笑ってた。バスケの試合のときは悪かった、市川にもよろしく言っておいてくれって」

「何だって。ほんとか?」

健太は耳を疑った。あの暴力好きの男が――。

「結局、同じ学校で喧嘩したって何の得にもならねえし、これまでのことは水に流して、みんなで仲良くやって行こうぜって。米田さんはそういう考えの人らしいな」

「ふうん」

何はともあれ、助かった。健太が頭に思い描いていたのは、瑛介が三年生から集団で暴行を受け、気に食わない二年生が次々と呼び出され、同じ目に遭うというものだったのだ。

健太の中で緊張がするすると解けた。表情も緩んだ。藤田と金子も同様で、「何だよ、心配して損したぜ」などと口では言っているが、実にうれしそうである。

これは、社会科で習った講和条約のようなものなのだろう、と健太は思った。一種の外交であり、不良たちの処世術だ。毎度喧嘩になったのでは、身が持たないし、怪我《けが》をさせれば罪にも問われる。

そして米田という三年生は、さすがに番長だと感心もした。怖いだけでは誰もついてこない。後輩をまとめてこその番長なのだ。

井上も内心ではほっとしていることだろう。瑛介と喧嘩になったらまず負ける。そうなるとメンツがつぶれる。喧嘩になる前に、米田が仲裁してくれた。

健太は急に楽しい気分になった。学校生活で、これからは緊張を強いられなくてもいいのだ。

藤田と金子はもっと晴れやかな顔をしていた。井上が瑛介に友好的であれば、自分たちもいじめられないで済むのだから当然だろう。

「米田さんって、結構いい人だったぞ」と瑛介。健太もなにやらそんな気さえした。

「ねえねえ、何の話してるの」朋美と班の女子が首を突っ込んできた。

「うるせえな、男の話だよ」健太がぞんざいに答えた。

「そろそろキャンプの出し物を班ごとに提案しなきゃなんないから、坂井君と市川君、相談に乗ってよ」

「わかった。考えとく」

キャンプは二年生の六月の行事で、地元を流れる境川の河川敷キャンプ場にテントを張り、一泊して河原の清掃奉仕をするというものだ。

ゴミ収集は大変だが、教室で授業をするよりは百倍楽しい。キャンプファイアの出し物もある。

憂鬱なことが片付き、気持ちに余裕がうまれた。キャンプファイアでは、全員を笑わせる何かをやってみたい。健太の好きなことは、目立つことだ。

「おい安藤、教師全員の物真似やろうか」健太が言った。

「誰がやるのよ」

「おれは数学の清水の物真似やってもいいぜ。あなたたち、いいですか、今頑張らなくていつ頑張るんですか——」

数学教師の声色を真似たら、周囲にいる生徒全員が笑い転げた。

「知らないよ、先生が怒っても」朋美も笑っている。

たちまち盛り上がり、班会議に突入した。

放課後になり、今度は藤田と金子が井上に呼び出された。何の用かと心配していたら、二人ともとくに変わった様子もなく部室に現れた。

「おい、何だって。またインネンつけられたのか」健太が聞くと、藤田が「別に、何でもねえけど」と答え、目を合わせようとしない。

「何でもないってことはないだろう。前に金をたかられてるとか言ってたじゃないか」

「ああ、そうだけど……。瑛介と手打ちしたから、そっちももうなかったことにしてやるって、そういう話だよ」

「へえー、あいつ、そんなこと言うんだ」

「でもよう、おれら、先月は千円ずつ巻き上げられてんだぜ」金子が口をとがらせて言った。

「おまえなあ、黙ってようって言っただろうが」藤田が顔をしかめ、肘で押した。

「ほんとかよ。話してみろよ」

金子が言うには、井上に二千円を出すよう要求されたが、そんな大金はないと訴えると、分割払いにしてやると言われ、四月に半分の千円を払ったとのことだった。だからこの先は勘弁してやるという話に過ぎない。

「おまえら、そんなもん取り返して来いよ」

健太は鼻に皺《しわ》を寄せて言った。井上なんか、空威張りだけの人間なのに。

「ああ、わかった。返してもらう」と藤田。でも口だけだろう。彼らは、千円で済んで内心ほっとしているのだ。

部室で着換え、コートに出ると、名倉がまた新しいポロシャツを着ていた。しかもブランド物だ。みんなが古びたTシャツを着る中で、鮮やかなライトブルーがいやでも目立つ。

餌を見つけたハイエナのように、藤田と金子がうれしそうにちょっかいをかけた。ポロシャツを引っ張り、生地を伸ばそうとする。

「ちゃま夫、またママに買ってもらったのかよ。おまえの洋服代、月にいくらだよ」

「いいなあ、ちゃま夫は。ママに愛されてて」

名倉は「やめろよ」と顔をこわばらせて抵抗するが、完全に二人のオモチャにされていた。

健太はとくに止めることもなく、眺めていた。最近になってわかったが、名倉がからかわれるのには相応の理由がある。いくら母親が買ってくれると言っても、度を越えたら自分なら断る。部で浮いてしまうし、反感だって買う。名倉はそういう空気がまるで読めないのだ。

この前も母子家庭の瑛介に向かって、「うそ。ディズニーランドに行ったことないの？」と無神経に言い放ち、驚いていた。瑛介は一瞬顔色を変えたが、何も言い返さなかった。隣にいた健太のほうがむっとした。

「センパーイ、いいシャツ着てるじゃないですか」

藤田たちに交じって、最近では一年生までがからかうようになった。

肝心のテニスがイマイチだから、敬う気が起きないのだろう。

「先輩の家、呉服店だから、今度甚平《じんべえ》で来てくださいよ」

「そうそう。流行《はや》らせましょうよ。甚平テニス」

名倉を真ん中に置いてゲラゲラ笑っている。

「おい、一年生。五十メートルダッシュ行くぞ。集合!」健太が声を張り上げると、「チーッス!」と一年生が駆けてきた。

五月の太陽は、日増しに高くなっていく。影がすぐ足元にある。

13

ソフトボール部の顧問の男の先生から、六月のオープン戦は先発ピッチャーとして起用すると言われ、興奮すると同時に怖くなってしまった。

安藤朋美は、一年の秋からレギュラーになり、主に外野を守ってきた。中学生レベルでは、外野手の頭を越える打球は滅多にないので、フライ処理が出来れば比較的容易に務まる。しかしピッチャー、それも先発となると責任は重大だ。試合でストライクが入らなくて顔色を失《な》くし、交代させられ、ベンチに下がって泣き出すピッチャーを、これまで何人も見てきた。もし自分がそうなったらと、想像するだけで足が震える。

朋美は積極的な性格だが、案外気は小さかった。プレッシャーに弱いし、人から何か言われるとすぐに落ち込んでしまう。責任感の強さが仇《あだ》になっていると、自分でもわかるのだが、性格はどうにもならない。心配性なのだ。

父親に相談したら、バッターなどカボチャだと思えと、わけの分からないアドバイスをされた。朋美が、先発のときは絶対に観戦に来ないよう釘《くぎ》をさすと、心外そうにふくれていた。

学校では瑛介に相談した。テニスは個人競技なので、緊張しない方法があったら知りたい。瑛介は「別にねえよ」と素っ気なかったが、健太が横から、「おれは対戦相手に綽名《あだな》をつけるけどね」と興味深いことを言った。

「猿顔だったら猿の惑星とか、坊主頭で目が細かったらお地蔵さんとかさ。そうやって見下すと、怖くなくなる」

朋美はおかしくて笑いこけた。なるほど、笑えるということは、緊張がほぐれるということか。健太は頭がいい。

放課後の練習では、先生の指導で、正捕手相手に投球練習をした。

「安藤、もっと大きく腕をふれ」「踏み込みが足りないぞ」

一球投げるごとに指示が飛ぶ。その指示を意識して投げると、いきなり球速が増したので自分でもびっくりした。これまでもリリーフでの登板経験はあり、それなりに練習してきたが、見様見真似《みまね》だった。

中学の運動部は指導者次第と聞いたことがあるが、本当にその通りだと思った。

しばらく投球練習を続けたところで、誰かの視線に気づいた。感じる方角に目を向けると、そこには三年生エース、瀬戸麻美《せとあさみ》が怖い顔で立っていた。

朋美ははっとした。自分が先発するということは、彼女が試合から外されるということなのだ。

そういえば、先月の練習試合でかなり打たれていた。試合後のミーティングでは名指しで注意を受けていた。

それに気づいた途端、朋美は冷や汗が出た。自分はどうすればいいのか。ひとこと挨拶をするべきなのか。しかし何て言えばいいのか。

二中のソフトボール・チームは、キャプテンを中心にして先輩後輩の分け隔てなくまとまっているが、麻美とはあまり口を利いたことがなかった。明るい性格のキャプテンとちがい、どこか近寄りがたい雰囲気があったのだ。

朋美は迷った末、何も言わないことにした。傷ついているかもしれない。もしそうだとしたら、余計に地雷を踏みたくない。だいいち先生の命令でやっていることなのだ。志願したわけではない。そもそもスポーツ自体が競争だ。試合になったら、先輩も後輩もない。

続くシート打撃の練習でも、朋美がピッチャーを務めた。麻美は外野を守らされている。この日に限って、先生はどこか麻美を無視している印象があった。この先生はときどき一人の生徒を突き放し、わざと冷たくした。そして生徒が反発して頑張ると、一転してみんなの前で褒めるのだ。

次々と出てくるバッターに向かって、朋美は投げた。さっき指導を受けたばかりなので、いつもよりずっとうまく打ち取ることができた。三振もいくつか奪い、自信も湧いた。

もしかしたら、本当にエースになれるかもしれない。二年生でエースになれたら、学年で大威張りだ。


練習後、一年生と二年生で後片付けをし、グラウンドをならし、部室に戻ると、三年生はすでに着替えを済ませて帰るところだった。二中は部室が狭いので、上級生から順に使うことになっている。そもそもロッカーは三年生の分しかない。下級生はスーパーと同じ買い物籠《かご》が与えられるだけだ。

「失礼しまーす」大きな声で三年生を見送った。朋美は自分の籠をピックアップして窓際で着替えた。スカートを手にし、持ち上げたところで血の気が引いた。白い石灰がべったりと付着していたのだ。「えーっ。やだーっ」朋美は思わず声を上げた。ほかの二年生が振り返り、何事かと寄ってきた。「どうしたの?」「ひどーい」口々に言う。

制服は籠にたたんで入れてあった。その籠は床に並べてある。もし誰かの不注意で石灰が降りかかったのだとしたら、ほかにも被害者がいないとおかしい。しかし、汚れたのは朋美のスカートだけだ。

急に胸が痛くなった。誰かに意地悪をされたのだ。それはさっきまで部室にいた三年生の誰かである可能性が高い。

真っ先に麻美先輩の顔が浮かんだ。練習中、敵意のこもった視線を向けられた。あの先輩以外には思い浮かばない。

二年生の一人が廊下にいる一年生を呼び、保健室にあるブラシを借りてくるよう頼んでくれた。石灰だから払えば落ちるはずだと言う。仲間の親切がありがたい。

ただ、朋美は激しくうろたえた。他人から悪意を向けられたのは、生まれて初めての経験だ。ちょっと指でつつかれたら、泣き出してしまいそうなくらい心が揺れている。

こういうことをする人が本当にいるんだと、怖くもなった。まるで出来の悪い少女漫画の世界である。それが現実で起きるとは、夢にも思わなかった。

数人は同情してくれたが、ほかの部員はいつも通りのおしゃべりをしていた。世の中はこんなものだ。人は自分のこと以外に無関心だ。

朋美は動揺を抑えつつ、ブラシでスカートの石灰を払い落とした。幸いなことに、目立たないほどには落ちてくれた。家に帰ったら、母親にちゃんと落としてもらおう。

一気に気持ちが沈み込み、体まで冷えた。普段なら空腹を覚える時間なのに、食欲もない。

学校からの帰り道、自転車を漕《こ》ぎながら、何かの勘違いである可能性を考えてみた。自分が知らない間に石灰のある場所に座ってしまい、気づかずにいたとか、籠の底に石灰が元々付着していて、それと知らずにスカートを置いてしまったとか――。

そうであって欲しかったが、可能性は低かった。犯人はきっと麻美先輩だ。制服はみな一緒だが、鞄《かばん》はシールやストラップで飾り立てているので、誰の荷物かすぐにわかる。だから狙ってやったことなのだ。オレンジ色に染まりつつある西の空を見上げて、朋美はため息をついた。これは続くのだろうか。もしも上級生から悪意を向けられたら、下級生はどうすることも出来ない。

今日限りで終わってくれますようにと心から祈った。エースの座への憧れはあるが、それは三年生が引退してからでいい。先輩を差し置いて目立ちたいとは思わない——。

神社の前を通りがかったとき、階段のところに下校途中の男子が輪になっていた。何だろうと見ると、名倉祐一の引きつった顔が目に飛び込んだ。藤田と金子を含む数人に囲まれ、格闘技のようなことをしていた。雰囲気からして、名倉が無理強いされている感じだ。

「ローキック！」

男子の一人が蹴り技を繰り出し、右足が名倉の太腿《ふともも》に当たる。名倉は顔をゆがめ、蹴り返そうとするのだが、体格差があるので足が届かない。男子たちが嘲り笑った。その様子を、藤田がケータイで写真に収めている。

藤田がちらりと朋美を見て、無視するようにそっぽを向いた。朋美もこの場にいたくないので、漕ぐ足を緩めることなく、自転車で通り過ぎた。

いやなものを見たな――。胸がドキドキし始めた。いじめられるとは、ああいう目に遭うことなのだ。周りが面白がっている。誰も止めてくれない。孤独の中で、ただ耐えるしかない。もしも自分がそんな目に遭ったら……。

朋美はますます憂鬱になった。中学生には家と学校しかない。だから、いとも簡単に追い詰められる。


給食後の昼休み、井上たちが体育館裏で《気絶ごっこ》をすると言うので、市川健太は瑛介と見に行くことにした。知らせてくれたのは金子だ。

噂《うわさ》には聞いたことがあるが、《気絶ごっこ》を実際に見たことはない。どうやってやるのかも知らない。健太は目立ちたがり屋だが、慎重な一面もあった。自分がやるとなったら、尻込みするだろう。しかし誰かがやるのなら、見ないのは損だ。

体育館裏には十数人の二年生が集まった。井上たち不良と、あとは野次馬だ。みんなテンションが上がっていた。男子は危険なことが大好きなのだ。

井上が瑛介を見つけ、「よう」と手を挙げた。瑛介も「おう」と応える。ほかの不良たちも瑛介には笑顔を振りまいた。番長の仲裁ひとつで態度が変わるのが、ゲームのようで健太にはおかしかった。

気絶させられる役は藤田一輝だった。どういう経緯でそうなったかは知らない。藤田は明るく振る舞っていたが、顔は引きつっていた。好んで気絶役になるわけがないから、断れなかったとか、強がりを言って引っ込みがつかなくなったとか、そんなところだろう。

井上が仲間の一人を見張りに立てた。

「先公が来たら言えよ。女子も追い払え」

そこへ名倉祐一がひょこひょことやってきた。「なんだ、ちゃま夫、おめえも見物か」井上に言われ、「おう」と虚勢を張ってうなずいた。

名倉は、井上や藤田たちに普段いじめられてばかりいるのに、なぜかついて歩いた。健太には理解しがたかったが、もとより名倉のことなど関心になく、どうでもいいことだった。

「よーし、始めるぞ。前に三年生がやってるのを見たことがあんだ。だから任せとけ」

井上が開始を告げ、藤田と真ん中に立った。ギャラリーの生徒たちはしゃがんで周りを取り囲む。

井上が藤田に向かって、しゃがめとか、丸くなれとか、細かな指示を出した。勉強嫌いの男がここでは先生気取りである。ギャラリーも熱心に見入っていた。とりわけ不良たちがふんふんとうなずく様子は少し滑稽でもある。

健太は半信半疑だった。本当に気絶させることなど出来るのか。常識で言えば危険に決まっている。

単純な四つの手順を踏んだ後、井上が藤田を立ち上がらせた。そして上を向くように指示する。ギャラリーもつられて上を見た。

そのとき、やおらに井上が藤田の背中に立った。うしろから右腕を回して首を圧迫する。

「一、二、三。ほうら、落ちるぞ」

するとと次の瞬間、藤田がうしろに倒れた。井上がそれを抱き止め、アスファルトの上に寝かせる。藤田は白目をむいていた。実に呆気《あっけ》なかった。

「マジかよ」健太は思わず声を発した。これは演技で、みんなをかついでいるんじゃないのかという疑いの気持ちも、何パーセントかはあった。

生徒たちが輪を縮め、藤田をのぞき込んだ。「ほんとだ。気絶してる」「ヨダレ垂らしてるよ」口々に言う。

みんな焦っているはずなのに、平気のふりをした。不良たちは声を上げて笑っている。

「おい、起こそうぜ」急に落ち着かなくなり、健太が言った。もしものことがあったら、取り返しがつかない。

「おっ、市川がビビってる」誰かが囃《はや》し立てた。

「起こせよ。死ぬぞ」健太がもう一度訴えた。

「死なねえよ。それより、誰かケータイで写真撮れよ」

井上が命令し、金子が撮った。名倉まで携帯のレンズを向けていた。

瑛介は眉をひそめている。

「よーし、そろそろ起こしてやるか」

井上が藤田の上半身を持ち上げ、背中に膝を立てた。「えいっ」というかけ声とともに、活を入れる。まるでドラマのようにぴくりと体が反応し、藤田が目を覚ました。

「おーっ」みなが感嘆の声を上げる。パラパラと拍手まで起きた。

「ま、こんなもんよ」井上が得意そうに胸を張った。藤田は、普通に眠りから覚めた顔をしている。

健太は安堵《あんど》しつつも、冷や汗が背中を伝った。自分なら、こんな危険な遊びは出来ない。

「藤田、どうだったんだ」一人が聞いた。

「さあ、よくわからねえなあ……」

「わからねえってことはないだろう。気絶するってどんな感じだ」

「そうだなあ……、首を押さえられてるうちに、だんだんと頭がぼおっとしてきて、景色が外側から内側へとだんだん霞《かす》んでいって、やがて目の前が真っ白になるって言うか……」

藤田が腕組みし、思い出すように言った。周りの生徒は宇宙から帰還した飛行士の話を聞くように、うんうんとうなずいている。

「苦しくないのかよ」金子が聞いた。

「いや、苦しくないな」

「息が出来ないのにか」健太も聞いた。

「そう。どちらかというと気持ちいいかな」

「気持ちいい？」

藤田の言葉にギャラリーがどよめいた。

「ほかには何かねえのか」

「そうだなあ……、意識が途切れる瞬間、体が浮き上がる感じはあったかな。なんて言うか、自分の中から何かがふっと抜けて行く感じ」

「ほー」

みなが唸《うな》った。藤田は一躍ヒーローである。

「もう一回やりたいか」

「どうかなあ……、すぐにはいやだけど、時間を置いたらまた経験したくなるかもしれないかな。それより健太もやってみろよ。面白いぞ」

「おう、次は市川だ」と井上。

「やだね」健太は即座に拒否した。

「おめえ、結構ビビリだな」井上が鼻で笑っている。

「おまえはやったことあるのかよ」

「やられたよ、三年生に。二回もな」

健太は何か言い返したかったが、言葉が見つからなかった。危険だと言えば、不良たちは待ってましたとばかりに、からかうに決まっている。

藤田が、気絶した自分を取った携帯の写真を見せられ、興味深そうにのぞき込んでいた。顔をしかめているから、気味悪さもあるのだろう。ただ、危険を冒して気が大きくなったのか、「次は誰だア」と鼻息荒く言った。

瑛介は最後まで黙って眺めていた。一回見れば充分といった感じで、この先《気絶ごっこ》に加わる気はなさそうだ。

そのとき始業五分前のチャイムが鳴った。「じゃあ、お開きにすっか」と井上。みなでぞろぞろと歩き出し、解散となった。

健太は、お鉢が回ってこなくて正直ほっとした。きっとほかの生徒も同様だ。けれど、ビビっていると思われるのがいやなので、みんな何食わぬ顔をしている。名倉ですら肩を怒らせていた。

一回限りでありますように、と祈っていたのに、翌日も持ち物が汚された。今度は制服ではなく、通学鞄が踏みつけられていた。黒い革の表面に、運動靴の足跡がくっきりと残っているのだ。これでスカートの石灰が偶然ではないことがはっきりした。自分はいやがらせを受けている。

安藤朋美は、腹が立つと言うより恐怖に駆られた。話してもわからない、悪いことを平気でする人間が、世の中にはいる。そういう人たちと、これからも接していかなければならない。抗議したり、先生に言いつけたりすれば、逆恨みをされるだろう。行為がさらにエスカレートするかもしれない。方法がないのだ。

あまりに怖いので、親友の愛子にも相談しなかった。心から同情し、代わりに怒ってくれることはわかっているが、愛子に毎日心配されると、その報告も逐一しなければならず、朋美には却《かえ》って負担となることが見えていた。今は一人で耐え忍ぶしかないのだ。もちろん親にも言っていない。そんな選択肢は端《はな》からない。

犯人と思われる麻美先輩は、朋美と一切目を合わせようとしなかった。「こんにちは」と挨拶をしても、ぷいと横を向く。投球練習中は、突き刺すような視線を向けてくる。その仕草はあまりに露骨で、ほかの部員たちもただならぬ空気に口をつぐんだ。三年生の正捕手だって、気づいているはずなのに何も言わない。二年生と三年生のエース争いに関わりたくないのだ。

朋美は生まれて初めての孤立感を味わった。これまでは困ったことがあると誰かが助けてくれた。助けられなくても味方になってくれた。今度ばかりは、誰も近寄ってこない。みんな飛び火を恐れている。

ピッチング練習を始めて三日目に、朋美は利き腕の右肘が痛いと先生に訴えた。うそだったが、疾《やま》しさなど微塵《みじん》もなかった。ゆうべ一晩中考えて決心したのだ。これ以上、麻美先輩に恨まれたくない。

「どういうふうに痛い。筋肉痛か」先生が眉間に皺《しわ》を寄せて聞いた。

「いえ。たぶん筋だと思います。シクッと痛むし。腱鞘炎《けんしょうえん》かもしれません」

「そりゃ困ったな……。どうする。病院に行って診てもらうか」

先生が朋美の目を見て話すので、演技がばれないかとどきどきした。

「ええと、少し様子を見ます。バットを振ったりとか、オーバースローの遠投とかは出来るんですけど、ピッチング練習が痛いんです」

「わかった。集中して投げるのは初めてだし、肘がびっくりしてるのかもしれないな……。そうか、痛いか……。悪かったな、急に言いつけたりして。先生を許してくれ」

先生が神妙に謝るので、朋美は余計に動揺した。もしかして生徒のうそを見透かしているのではないか。慣れないうそに、朋美自身がいちばんあたふたしている。

「じゃあ外野手の練習に戻れ。でも無理はするな。腱鞘炎だったりすると長引く可能性もあるからな」

「わかりました。この際なので下半身強化に取り組みます」

「そうか。安藤はポジティヴ思考だな」

うそをついているのに褒められて、いよいよ目が合わせられなくなった。朋美は逃げるようにその場を離れ、馴染《なじ》みの外野へと走っていった。麻美先輩がどんな顔をしているか見られなかった。

しばらくは動悸《どうき》が治まらなかったが、五分もすると心の中には解放感があった。これでいやがらせから逃れられるはずだ。それがなによりもうれしい。こういう状況で戦える女子中学生がいたら、きっと末は弁護士か政治家だ。自分は普通の女の子なのだ。

七月下旬の夏季大会で三年生は引退する。桑畑市には強豪校が一校あるので、地区大会に勝ち進む可能性はまずない。だから順調に行けば七月中に部からいなくなってくれるのだ。先発投手に指名されるとしても、それからで充分だ。今は先輩たちの機嫌を損ねたくない。そうまでして頑張りたくない。三年生が引退するまでの我慢だ。

外野でノックを受けていたら、ボールをうしろに逸《そ》らしてしまった。テニス部のコートまで転がって行き。そこでは瑛介がサーブの練習をしていた。

「ごめん。取って」朋美が頼むと、ラケットですくい上げ、器用に打ち返してくれた。

「ありがとう」

「へたくそ」瑛介は相変わらずの仏頂面だ。

でも癒された気がした。朋美が望むのは、平穏な学校生活だ。

練習後、一、二年生で用具の後片付けをし、どきどきしながら部室へ入ると、制服も鞄も異常はなかった。窓から外を見ると、三年生が談笑しながら下校するところだった。その中に麻美先輩もいた。

朋美は全身の緊張が解け、その場にへたり込んだ。よかったー。心の中で叫ぶ。友だちとハグしたくなった。

きっと少しは心の傷になるのだろう。マンガで読んだことがある。トラウマというやつだ。世の中には、怖い人が普通に存在している。常識が通じない、自己中心的な人間がいる。

大変だなあ、生きて行くって——。朋美はこの三日間ですっかり弱気になった。今は、夕焼け雲とカラスの鳴き声までが愛《いと》おしい。

テニス部の練習が終わり、三年生が先に引き上げた部室で、藤田が《気絶ごっこ》をやると言い出した。藤田は自分が経験したものだから、事あるごとに周りにけしかけた。その態度はどこか高慢で、自分には誰かを気絶させる権利があるとでも言いたげだった。

市川健太は、「やろうぜ」と昨日も言われたが、「誰がやるか、そんなもん」と怒って拒否したら、藤田は「怖いんだろう」とせせら笑っていた。

健太はそれで済んだが、ほかの部員はしつこく勧められ、尻込みする人間は臆病者だという雰囲気が出来つつあった。藤田は相手が難色を示しただけで、「ビビってやがる」と薄笑いする。経験者は立場が強いのだった。

そんな騒ぎの中で、金子修斗が自ら名乗り出た。テニス部内では自分と同じポジションの藤田が、《気絶ごっこ》を経験して威張っているのを見て、このまま未経験だと差をつけられると思ったのかもしれない。

部室は床が汚いので青いビニールシートを敷いた。その上に金子が立つ。気絶させるのは藤田だ。「おまえ、やり方わかってるのか」と健太が聞いたら、「やられたからわかるんだよ」と自信満々だった。

噂を聞きつけて、ほかの運動部も見物に来た。サッカー部や野球部の連中が、「おれたちにも見せてくれ」と低姿勢で言ってくるので、無関係の健太までいい気分になった。

狭い部室に二十人以上が入り、真ん中にスペースを空けて二重、三重の輪ができた。

「みなさんお揃《そろ》いですか。じゃあ始めさせてもらいます」

藤田が半袖シャツを肩までまくって言う。まるで千両役者気取りだ。数日前、井上にやられたのと同じ手順で指示を出した。初めての生徒はみな興味津々で見守っている。

金子が息を止めて立ち上がり、上を向いた。「顎を突き出せ。息を止めてろよ」藤田が指示し、背中から腕で首を圧迫した。五秒くらいで金子の腰が砕け、うしろに倒れた。「おおー」ギャラリーから声が上がる。金子は瞼《まぶた》を半開きにして気絶した。みながのぞき込む。

「凄《すげ》えな」「大丈夫なのか」「わかったから起こしてやれよ」いろい

ろな声が飛んだ。

「はい、写真タイム。ケータイをお持ちのみなさんは前へどうぞ」

藤田がふざけて言い、何人かが写真を撮る。「おい、起こせよ」健太がうしろから急《せ》かした。見るのは二度目でも、やっぱり万が一のことを考えてしまう。

「じゃあ起こすぞ」

藤田が前回と同じように活を入れ、金子は無事に目を覚ました。少し咳《せ》き込んだが、すぐに顔色を取り戻した。ギャラリーからの質問攻めに遭う。またも英雄扱いだった。どうりで経験者が威張るはずだと健太は思った。

そして、人があまりに簡単に気絶することにも驚いた。さほど危険でもないのだろうか。そんな気さえした。

「よーし、ちゃま夫。次はお前だ。おれがやってやる」

金子がやにわに名倉を指名した。

「おう、ちゃま夫。やれ、やれ」みなが面白がってこぶしを突き上げる。

健太はそうなる気がしていた。井上が藤田や金子をいじめれば、次は名倉へと矛先が向かう。食物連鎖のようなものだ。

名倉は頬をひきつらせながら、「いいけど」と言った。虚勢を張っていることは、誰の目にも明らかだった。

「えらい。名倉祐一君は男だ」

藤田がけしかけ、真ん中に引っ張り出した。「ちゃま夫、ちゃま夫」

ギャラリーが拍手とコールをする。

「おい、名倉。無理すんな」そのとき瑛介がうしろから言った。全員の視線が向かう。「いやならいやって言え」

瑛介の発言には誰も口を挟まなかった。みなが黙る。

「別にいやじゃないけど」名倉が答えた。

「いやじゃねえのか」

「おう」

「じゃあ、好きにしろ」

瑛介が背中を向け、帰り支度を始めた。健太も輪から離れた。誰かの気絶など、何度も見たいものではない。

止める者がいなくなり、藤田と金子はいっそう調子づいた。そして同じ手順で、いとも簡単に名倉は気絶した。

ビニールシートに横たわる名倉は、小柄ということもあり、本当に寝ているみたいだった。

「はい、撮影タイム」金子が周囲に促す。

「おい、ズボン下ろさないか」藤田が目を輝かせて言った。いきなり場が沸き立つ。

「やれ、やれ」

「ちゃま夫、まだ毛が生えてねえって噂だぞ」

「じゃあスッポンポンポンだ。証拠写真、撮っちまえ」

笑い声が渦巻き、藤田と金子が名倉のズボンを下ろしにかかった。

「おい、やめとけよ。可哀想《かわいそう》だろう」

健太が横から止めた。いくらなんでもやり過ぎだ。

「市川、引っ込め」サッカー部の誰かが野次った。

「そうだ、そうだ」何人かが同調する。

「なんだと。よその部室に来て勝手な真似《まね》するんじゃねえ」

腹が立ったので、健太は唾を飛ばして言い返した。

「おい。名倉、泡吹いてるぞ」そのとき誰かが言った。見ると、口から舌をだらりと出し、涎《よだれ》と一緒に泡を吹いていた。

「やばい、やばい」「起こせ、起こせ」

さすがに危険を感じ、みながせっついた。青くなった金子が、名倉の上半身を起こし、活を入れる。しかし目を覚まさず、気絶したままだ。

「おい、一輝」金子が藤田に助けを求めた。あわてた藤田が、同じことをする。けれど名倉は目を覚まさなかった。

「どけ！」そこへ瑛介が割って入った。長い足でまたがると、名倉のシャツをつかんで引き寄せ、頰に平手打ちを食らわせた。パンパンと甲高い音が響き渡る。みなが息を呑《の》んで見守った。「おい！」呼びかけて全身を揺する。そこでやっと名倉は目を開き、意識を取り戻した。きょとんとした顔で、瑛介を見上げている。

その場にいる全員が安堵の声を発した。「心配させんなよ」「死んだかと思ったぜ」口々に言う。表情も緩んだ。健太も思わず腰を折り、膝に手をついた。よかった。事故にならなかった。

「大丈夫か。気分はどうだ」瑛介が聞いた。

「ちょっと吐き気がする」名倉が答える。

「保健室へ行くか」

「いや、いい。たいしたことない」

名倉は起き上がり、ズボンをはたいた。足元が少しふらついている。

「おまえらいい加減にしとけよ」

瑛介がギャラリーに向かって言うと、みなは苦笑いしてうなずいた。

平気な振りをしても、本当は全員が焦りまくったのだ。

振り返ると、入り口では、外廊下で待たされていた一年生が折り重なってのぞき込んでいた。みんな興奮した様子だ。

「おまえら、真似すんじゃねえぞ」

健太は注意しておいたが、きっと誰かがやるだろうと思った。でなければ、こんな遊びが流行《はや》るわけがない。

14

午前中に二件、午後に一件の取り調べを終えたところで、橋本英樹は机の引き出しからアイマスクを取り出し、目にかけた。ネクタイを緩め、事務椅子の背もたれをきしませ、体重を預ける。担当事務官の成田《なりた》は何も言わず席を外し、取調室から出て行った。

午後の仮眠が、橋本のここ最近の習慣になっていた。新任明けでこの地検に赴任して、ますます忙しくなった。睡眠時間は平均五時間だ。土日も資料整理に費やされる。検事は忙しいぞと、司法修習生の頃から脅されてきたが、まさかここまでとは思ってもみなかった。恋人など絶対に出来そうもない。地検のアルバイトに良家の子女が多いのは、独身検事の出会いのなさを心配してのことなのか。

仮眠を取るのはたった十五分間だが、それでもずいぶんちがった。しおれた花が水を得て頭を起こすくらいの効果はある。猛烈に働く橋本を見て、上司の伊東は「若いな」といつも苦笑いした。もっともそれで仕事を減らしてくれることはない。「弱音を吐く検事は検事ではない」というのが、伊東の口癖だ。

十五分経《た》つと、成田が戻ってきて咳払《せきばら》いをする。それで午睡から目覚めるのだから、便利な体になったものである。

「二中の市川健太少年は一人で市バスに乗って来るそうです。到着予定は午後四時」成田が書類を手渡しつつ報告した。女子事務員も入ってきた。冷たい麦茶と一緒に、おしぼりも供してくれる。

「そうですか」

橋本はおしぼりで顔を拭きながら返事をした。

「担任の飯島先生が自分の車で送迎するつもりだったところ、本人が断ったそうです」

「そうですか。しっかりした生徒のようだし、大丈夫でしょう」

「それで、坂井瑛介少年のほうですが、母親が出頭要請にかなり難色を見せてます」

「坂井瑛介というと、母子家庭の子ですね」

橋本が当該書類に目を落とす。坂井百合、四十歳、会社員。五年前に離婚して、息子と二人で市営団地に暮らす——。

「そうです。釈放後も、うちの息子は警察から何度も呼び出されて、どうしてそのうえで検察にまで呼び出されるのかって——」

「電話ではどんな様子でしたか」

「憤慨しているというより、悲痛な訴えといった感じでした。もう勘弁してください、うちの子は何もしてないんですと、三十分以上にわたって泣きつかれました。理屈じゃないんですね。子供を守りたい一心でしょう」

成田が冷静に分析して言った。成田には小学生の子供が二人いるので、気持ちがわかるのだろう。橋本より一回り年上の事務官だが、忠実な仕事ぶりは若い検事を大いに支えてくれた。

「じゃあ、わたしが直接説得しましょう。母親の携帯にかけたほうがいいですか？」

「はい。向こうの要望です。職場の電話は困るそうです」

「わかりました」

携帯電話のメモ書きを渡され、橋本が電話をした。「わたくし、検事の橋本と申します。今、お電話よろしいでしょうか」そう言っただけで、坂井百合は電話の向こうで息を呑《の》み、「またですか」と泣きそうな声を発した。そして職場で場所を移動したと思われる間があったのち、まくしたてた。

「わたし、法律のことはわかりませんが。任意ということは、いやなら拒否できるってことなんじゃないですか。それなのに、どうして毎日毎日電話をかけてくるんですか。瑛介は釈放されました。それは終わったってことじゃないんですか」

「まあ、そうおっしゃらずに。少年が一人亡くなっています。坂井さんもよくご存知の名倉祐一君です。同じ親御さんとして、名倉君のおかあさんの気持ちも少しはわかるでしょう。大変苦しんでいらっしゃいます。息子に何が起きたのか、事実が曖昧なまま、この先生きて行くことは大変なんです。ご協力願います」

「しかし、そういうことなら、瑛介はこれまで警察に何度も聞かれ、その都度答えています。もう充分でしょう」

「まだ話していないことがあるかもしれません。調査を尽くしたいんです。ご協力願います」

橋本は努めて丁寧に言った。隙を与えず、怖がらせず、任意の場合は相手が根負けするまで説得する。

「じゃあ、これが最後だと約束してもらえますか」

「それはできません。次で真相が究明されるとは限りませんから」

「じゃあきりがないじゃないですか。わたし、怖いんですよ。瑛介がよってたかって殺人犯にされるんじゃないかって。だって検察って、こいつを犯人にするって決めたら、証拠をねつ造しても犯人に仕立てあげるんですよね。ニュースでよくやってるじゃないですか」

「そのようなことはありませんから、安心してください」

「安心出来ません。瑛介は中学生です。自分の気持ちをまだちゃんと伝えられない年齢なんです」

坂井百合の声がだんだん大きくなる。

「それはこちらも充分配慮します。ご協力ください」

「じゃあわたしも同席します。だったら出頭させます」

「坂井さん、それは無理です。中学生には親の前では話せないことがいっぱいあるでしょう」

「じゃあ弁護士を同席させてください」

「それも無理です。あ、そうだ。堀田弁護士はなんて言ってます？　呼び出しに応じなくてもいいって言ってますか？」

橋本が問うと、坂井百合は返事に詰まった。同じ弁護を担当する藤田一輝の親は、検察の出頭要請に応じている。すなわち弁護士は、拒否は却《かえ》ってマイナスだと教えているのだ。

「坂井さん、堀田弁護士は応じたほうがいいと言ってたでしょう。今回の件では坂井さんも心労を受けているとは思いますが、このままうやむやになることはありません。早く済ませたければ、瑛介君がこちらにきて、全部正直に話すことです。瑛介君にとっても、それが一番いいことです」

電話の向こうで坂井百合が深いため息をついた。しばしの沈黙。うしろでは男たちの声が飛び交っていた。「おーい、ヤマさん。クレーンの手配、大至急」「じゃあ申請書出してよ」――。彼女が勤務するのは、親戚の経営する工務店だ。

橋本は、女の日常をうっすら想像した。仕事と家事に追われる忙しい毎日。給料は知れている。生活は楽ではない。女手ひとつで頑張れるのは、息子の瑛介がいるからだろう。坂井百合の生きがいは瑛介だ。

「ご協力お願いします」今一度、力を込めて言った。

「……わかりました。じゃあ、いつですか」坂井百合が折れた。

「事務官と代わりますので、時間を調整してください。わたしも少年案件にはちゃんと配慮します。信じてください」

橋本はその言葉を自分にも言い聞かせ、電話を成田にバトンタッチした。


午後四時になって、市川健太が一人で地検にやってきた。学校帰りの制服姿で、洒落《しゃれ》たバッグを肩に提げている。橋本が「それ、かっこいいね。学校指定の鞄《かばん》なの」と軽い調子で聞いたら、「あ、はい」と警戒の色もなく答えた。

「最近の中学生はお洒落でいいなあ。ぼくらの頃は、学校指定のものは全部ダサかったものなあ」

「体操着はダサいっす」

「そうか。体操着はダサいか」

顔を見合わせ、軽く笑った。桑畑署からの報告通り、明るい性格の少年のようだ。児童相談所で会ったときより、ずっと顔色もいい。日焼けしているので、より活発に見えた。

着席を促す。机を挟んで向き合い、手始めに検事という職業を知っているかと聞いたら、健太は遠慮がちにうなずいた。

「そうか。物知りだな」

「いえ。ゆうべ、お父さんに聞きました」

「なるほど。そりゃそうだ。こんなことでもなければ耳にしない職業だしな」

橋本が冷えたスポーツドリンクを差し出すと。健太はお礼を言って受け取り、喉が渇いていたのか五〇〇ミリを一気に飲み干した。

「おう、凄《すご》いな。もう一本いるか」

「いえ、いいです」手の甲で口を拭っている。

「部活は休んで来たの？」

「はい、そうです」

「テニスは楽しい？」

「はい、楽しいです」

しばらくとりとめのない会話をした。地検の少年係検事から受けた指示は、まずは聞き役になれということだった。そのためには心を開かせなくてはならない。

「ぼくが中学二年生だったのは十年以上前だけど、当時はモーニング娘が流行《はや》ってたなあ。今はＡＫＢでしょ？　君は誰が好きなの？」

「××です」

健太が名前を言うが、橋本は聞いたこともなかった。だいたいテレビなど見る暇がないのだ。

「ＣＤを何枚も買って選挙に投票したりするわけ？」

「しません。そんなお金ないし」

「そりゃそうだ。中学生だもんな。ちなみに月の小遣いはいくらなの？」

「四千円です」

「それって普通？」

「普通だと思います」

素直に答えてくれるので、この線で押してみることにした。

「ちなみに坂井瑛介君の小遣いはいくらか知ってる？」

「あいつは五千円です。瑛介は母子家庭で、おかあさんが仕事で遅くなったときなんか、近所のホカホカ亭で弁当買って食べなきゃなんないから、その分少し多いんです」

「ふうん。そうかあ。母子家庭は大変だな。じゃあ藤田一輝君は？」

「藤田君もぼくと同じ四千円だと思います。でも藤田君の家は金持ちだから、いろいろ親に買ってもらってます」

「金子修斗君は？」

「名倉祐一君は？」

「金子君は知らないけど、たぶん同じくらいです」

名倉の名前を出すと、健太の顔色が見る見る曇った。少し性急だった。

たか。「知らないか。友だちでもそこまでは」橋本がフォローする。

健太が下を向いた。何か考えている様子だ。

「いや、いいぞ。答えたくなければ」

「……名倉君は月に二万円だって言ってました」健太がぼそりと言った。

「月に二万円？　中学生でそれは凄いな」

「本当は一万円だけど、お祖母ちゃんが内緒で一万円くれて、合計二万円だって、前に言ってました」

「自慢して言ったの？」

「あ、はい。そんな感じでした」

「ふうん。それで君らはどう思ったの？」

「いえ、別に……」

「そうかあ？　ぼくなら腹が立つけどな」

「ちょっとは腹が立ちました」

「でもさあ、中二でそんなにお金を持ってたら、周りにたかられるんじゃないの」

　また健太が黙った。

「ひょっとして、たかったことはある？　あ、いや、奢《おご》らせたとか、代わりに払ってもらったとか……」

健太が鼻息を漏らす。

「それは警察で刑事さんに言いました」

「ぼくにも話してよ」

「スポーツドリンクとか、そういうのをみんなの分、買わせました」

「そうか。それで名倉君はどうしてた」

「別に……」

「別にってことはないだろう。いやがってたとか、怖がってたとか、いろいろあるんじゃないのか」

「でも、最初は和気藹々《わきあいあい》とした中で奢ってもらったっていうか……」

「和気藹々？」

「そうです」

健太の説明によると、コンビニで奢ってくれと手を合わせて懇願すると、名倉もおだてに乗って、気前よく勘定を支払った。しかしそれは最初のうちだけで、やがて周りは名倉が払うのが当たり前と思うようになり、ほとんど強制する形で奢らせていたという。

「君は何回ぐらい奢らせたの」

「ぼくは十回ぐらいです」

「ほかの生徒は？」

「……知りません」

「一番多かったのは君か」

「いえ、ぼくじゃないです。瑛介もちがいます」

健太は即答で否定し、坂井瑛介も庇《かば》った。

「じゃあ、藤田君か金子君か」

「さあ、知りません。いつも一緒にいるわけじゃないから……」

「なるほど。それは本人たちに聞いた方がいいな」

橋本が言うと、健太はまた下を向き、暗い顔をした。

この話を続けるべきかどうか、橋本は数秒考え、一旦引くことにした。急ぐことはない。今は何でもいいから語らせることが重要だ。

「ところで市川君は、名倉君が亡くなってから、名倉君の両親には会ってるの？」

「いえ……」健太の表情がいっそう曇った。「でも今度の日曜日に、みんなで名倉君の家に行きます」

「そうなの？　それは、どういういきさつで？」

「名倉君の叔父さんって人から電話があって、ぼくと瑛介と藤田君と金子君の四人で家に来て、仏壇に手を合わせてくれって言われて、それで……」

「そうかあ」

名倉家も黙ってはいられないようだ。当然と言えば当然だ。焼香だけなのか、それともその場で少年たちを追及するつもりなのか——。

橋本は、さっきの坂井百合との電話のやりとりを思い出した。彼女の苛立《いらだ》ちは、名倉家からの呼び出しが原因なのかもしれない。いじめの加害者と目される生徒の親たちも、気が気ではないのだ。

「君の親御さんはどうしてる？」

「元気ないです。とくにおかあさんは痩せました」

「そうだろうね。……今度の日曜日のこと、あとでぼくにも教えてくれる」

「わかりました」

そう返事をする健太に、最初の明るさはどこにもなかった。節電で冷房が弱いせいもあり、額に汗を浮かべている。

日曜日、名倉寛子は朝の六時に目が覚めた。いつもなら休みの日は、もう少しゆっくりと寝ていられるのだが、この日の午前に二中の生徒たちが来ることを思うと、ゆうべから落ち着きを失い、熟睡できなかった。

義弟の康二郎に頼んで、祐一を日頃いじめていた四人に来てもらうことになったが、もちろん気乗りするような計画ではなく、心は灰色に染まっていた。ただ、これをやらないで次へは進めない。

祐一に危害を加えた子たちは、日頃行動を共にするテニス部の仲間だった。家にも何度か遊びに来たことがある。小さい頃から引っ込み思案で、一人遊びが多かった祐一に友だちが出来た。その変化に寛子は大いによろこび、いつも過大にもてなしてきた。ジュースもお菓子も、わざわざデパートで買ってきたものを供した。それなのに、陰では祐一に暴力をふるい、金をせびっていた。

とりわけショックだったのは、四人の子たちが寛子の前ではすこぶる礼儀正しかったことだ。「お邪魔します」「こんにちは」挨拶は欠かさず、身なりもちゃんとしていた。子供にはどんな二面性があるのか。中でも市川健太という子は、とても感じがよく、勉強も出来て、寛子を安心させた。どんな友だちがいるかで、中学時代が決まると言っても過言ではない。偶然入ったテニス部で、祐一はいい仲間に巡り合えた。寛子はそう信じ切っていた――。

寝汗をかいたので、朝からシャワーを浴びた。濡《ぬ》れた髪のまま台所に立ち、炊飯器のスイッチを入れようとしたところで気が変わり、食パンを焼くことにした。味噌汁《みそしる》を作る気力がないのだ。祐一が死んでから、夫が家事に注文を付けることはない。好きなだけ休んでいればいいと言われ、少し気が楽になった。同居する義母は、義姉が別荘に連れて行ってくれた。ひと夏高原にいるようだ。久しぶりに親戚をありがたく思った。

しばらくして夫が二階から下りてきた。「おはよう」とつぶやき声で言い、テーブルで新聞を広げる。あらためて見ると夫もやつれていた。食事でも脂っこいものは受け付けないし、宴席も一切辞退している。家ではもっぱら書斎にこもり、資料整理のようなことをしていた。

「今日は康二郎も来るのか」夫が言った。

「そりゃあ来るでしょう。来てもらわないと困る」寛子が答える。

夫がおとなしい人間なので、最近はもっぱら義弟に頼っていた。今日にしても、生徒たちと夫婦だけで向き合う勇気はない。ちょっとしたことで取り乱してしまいそうだ。

牛乳とトーストと目玉焼き、リンゴを剥《む》いてテーブルに並べた。

「作文の件はどうなった？」夫が聞く。

「全校生徒に書かせるところまで行ったらしいけど、いっこちらに見せてくれるかは未定」

「どうして？」

「教頭先生曰《いわ》く、内容を精査中だって」

「何よ、学校が検閲する気なの？」

「そうじゃなくて、中学生の書くことだから、もしかしたら遺族を傷つけるような内容の作文もあるかもしれないから、確認させて欲しいって」

「ふうん」夫が鼻息を漏らし、トーストに嚙《かぶ》り付いた。

「おとうさん、今日はネクタイしてね」寛子が言った。

「ネクタイ？　どうして？」

「向こうの子たちに、祐一の遺影の前で背筋を伸ばして欲しいの。そのためには、こっちもちゃんとした恰好をしてないと。わたし、あの子たちがTシャツとか短パンで来たら、ひとこと言うつもりなの。あなたたち、今日は遊びに来たんじゃないのよって」

「ああ、そうだな。わかった」夫がひとつ洟《はな》をすってうなずく。

寛子は自分も食事をしながら、今、夫をいつも通り「おとうさん」と呼んだことに気づき、はたと思った。祐一がいないのだから「おとうさん」は変だ。

少し考え、ため息をつく。今さら「あなた」でもあるまい。たぶん、この先もずっと「おとうさん」と呼ぶ。我が家は永遠に祐一を中心に回るのだ。

庭では朝から蟬《せみ》が鳴いていた。天気予報では、真夏日になると言っている。

午前十時丁度に、子供たちはやってきた。日曜日で家政婦が休みなので、寛子が自分で出迎えた。玄関の三和土《たたき》に、神妙な顔をした中学生四人が並ぶ。全員、制服姿だった。寛子はほっとしつつも、一方では、どうせ親たちが示し合わせたのだろうと冷たく思った。

どんな態度で出迎えればいいのか、あれこれ気を取られ、何も考えてなかった。咄嗟《とっさ》に口から出たのは、「暑かったでしょう。よく来てくれたわね。ありがとう」という言葉だった。しかも明るい声で言っている。

玄関中に若者の汗の臭いがした。それは決して不快なものではない、成長の真っただ中にいる人間特有の、生命力の発散だ。ああ、生きているとはこういうことなのか——。

寛子は軽いパニックに陥った。祐一を死に至らしめたかもしれない四人が目の前にいるのに、適当な感情が湧き起こってこない。言いたいことは山ほどあるはずなのに、心の中で気持ちが空回りしている。

「さあ、上がってちょうだい」寛子が促すと、四人は「お邪魔します」と小さな返事をし、家に上がった。縦一列になって、しずしずと廊下を歩く。

仏間に通し、座らせると、市川健太が紙袋を畳に差し出した。「あのう、これを。ぼくらで買いました。名倉君が好きだったから」

中身は菓子類だった。コンビニで売っている普通の製菓だ。

「あら、ありがとう。じゃあお供え物にさせてもらうわね。祐一、よろこぶかしら」

答えながら、さらに動揺が増した。この菓子は、彼らが相談して買ったものなのか。それとも親たちが知恵をつけて買わせたものなのか。ちゃんとした手土産や花がないことは、どう判断していいのか。少なくとも、この子たちの親は、何も持たせなかったことになる。そして香典も――。

もしも香典を出してきたら、受け取らないつもりでいた。しかし、子供たちには差し出す気配もない。親たちは何を考えているのか。

仏壇の前に四人を座らせたところで、夫と康二郎が現れた。大人の男の登場に、子供たちが見る見る緊張する。

寛子は一旦その場を離れ、台所へ行き飲み物を用意した。お盆にグラスを並べ、冷えた麦茶を注《つ》いでいく。手が震えた。胸がドキドキしている。緊張するべきは子供たちのはずなのに、どうして自分が平常心を失わなくてはならないのか。落ち着け、落ち着け。自分に言い聞かせた。

麦茶と茶菓子を手に、また仏間に戻ると、康二郎の導きで、子供たちが順に焼香していた。

「遺影に向かって一礼し、香を指でつまんで、額のあたりにちょんと近づけて……。そうそう」

改めて見る彼らは、体格は立派でも、紛《まご》うことなき中学生だった。立て、座れ、右向け、左向け、大人が言えばどんなことにも従うだろう。人生経験はないに等しく、疑うことを知らない。

寛子は急にやるせなくなった。目の前の子供たちは、果たして話し合える相手なのか。

焼香が済むと、仏壇をはさんで子供たちと向き合った。四人とも下を向いて正座している。

「あのう……」健太がおずおずと口を開いた。「名倉君が亡くなってとても残念です。ぼくたち心より、おくや、おくや……、お悔やみ申し上げます」言葉につかえ、顔を赤くしている。

「それは、おとうさんとおかあさんに言えっていわれた台詞《せりふ》？」

康二郎が皮肉めかして聞いた。それには誰も答えない。

「まあいい。祐一は死にました。もうこの世にはいない。勉強をすることも、テニスで汗を流すことも、ゲームで遊ぶことも、友だちと一緒に笑うことも、何もできない。それについて君らはどう思う？　じゃあ右から順に」

康二郎に指されて、藤田一輝がしばし考え込んだあと、「可哀想《かわいそう》だと思います」と言った。

「ぼくも可哀想だと思います」金子修斗が同じことを言う。

「ぼくも同じです」と市川健太。

「ぼくも……」と最後は坂井瑛介。

「そうか。おじさんも可哀そうでならない。おじさんにも中学生の息子がいるけど、もし息子がいなくなったらと思うと、胸が締め付けられる。家族を失うというのは、とてもつらいことなんだよね。君らも親兄弟がいると思う。今ここで想像してみて欲しい。家族が死んだらどんな気持ちになる？　また右の君から」

「悲しいです」

「ぼくも悲しいです」

「ぼくも」

「ぼくも」

しばらくは、康二郎の問いかけに子供たちが順に答える会話が続いた。夫は黙って聞いている。康二郎の意図はよくわからなかった。この人物は、何にでも首を突っ込み、仕切りたがる性癖がある。寛子は徐々に焦《じ》れてきた。自分が知りたいのはそんなことではない。会話が途切れたとき、思い切って問いかけた。

「ねえ、市川君。あの日は何があったの？　おばさんに教えてちょうだい」

声が上ずった。警察から聞かされてはいるが、本人たちの口から聞きたい。

市川健太が一瞬寛子を上目遣いに見て、また視線を落とした。そしてぼそぼそと言う。

「放課後、名倉君とぼくたち四人で部室に集まり、遊んでました。そのあと、みんなで屋根に上がって、坂井君と金子君が木の枝に飛び移って下に降りて、ぼくと藤田君はそのまま降りて、名倉君を屋根に置いて四人で帰りました」

「どうして祐一を置いて行ったの？」

寛子が聞くと、市川健太は黙った。警察の話では、動作がのろいのでイライラして置き去りにした、とのことだ。

「ねえ、教えて？」

「なんとなく……です」と市川健太。

「帰るとき、祐一に何て言ったの？」

「いえ。何も……」

「何もってことはないでしょう」

市川健太はむずかしい顔で黙り込んだ。

「じゃあ藤田君は？」

藤田一輝からも返答はない。

「おばさんね、起きたこと全部を知りたいの。それも本当のこと。そうじゃないと祐一が浮かばれないし、おばさんも生きて行けないの」話していたら気持ちが高ぶってきた。声も大きくなる。「みんな、うちの祐一を春先からいじめてたんでしょ？　まずはそこから聞きます。ねえ、どうしていじめたの？」

寛子が問うと、四人は首を九十度曲げて下を向き、閉じた貝のようになった。

「坂井君？　どうしていじめたの？」

坂井瑛介に聞いても反応はない。順に問いかけるも、全員下を向いたままだ。

「黙ってちゃわからないでしょ。おばさん、本当のことが知りたいの。祐一の何がいけなかったの？　原因って何だったの？」

「まあ待ちなさい」夫が止めた。「最初からは無理だよ。この子たちも緊張してるだろうし」

「でも、本当のことを言うだけじゃない。簡単なことでしょう」思わず語気が強まった。

「徐々にでいいじゃないか。警察だって調べてるんだから」

夫にいさめられ、寛子は一旦矛《ほこ》を収めることにした。喉の渇きを覚え、麦茶を飲む。気づくと、子供たちは一度も麦茶を口にしていなかった。

うなだれる子供たちからは、この場から一刻も早く逃げ出したいという空気しか伝わってこなかった。ここで問い詰めたとしても、ちゃんとした話は聞けないだろう。

沈黙が訪れた。蟬の鳴き声だけが響いている。

「義姉さん、どうしましょう。今日はこれくらいにして、また集まってもらうのはどうですかね。たとえば、月命日の八月一日とか」康二郎が言った。

「……そうね、そうしましょう」寛子はその提案に乗ることにした。

「じゃあ市川君たち、今度は一日にまた来てちょうだい。時間は今日と同じ午前十時。いいわね。いやかもしれないけど、祐一は死んだんだから、それくらいはしてね。いいでしょう？」

一度は高ぶった感情を落ち着かせて告げると、子供たちは黙ってうなずいた。

寛子は自分に言い聞かせた。この問題が一日で解決するわけがないのだ。それなりの時間をかけるしかない。

帰るとき、玄関で四人が振り返り、「お邪魔しました」と頭を下げた。見るからに意気消沈していたが、同情する気はもちろんなかった。このまま日常に戻られては困るのだ。

この子たちは家に帰って、親にどんな報告をするのだろう。再訪を求められたことについて、抵抗を覚える親がいるかもしれない。何か言ってくるだろうか。そうなったら、自分はどう言い返すだろう。

夫と康二郎が仕事に向かい、寛子は家に一人取り残された。起きているのもつらいので、パジャマに着替え、ベッドに伏した。

子供たちに会って、苦しみが増すばかりだった。おくびがこみ上げ、息をするのも苦しい。あの子たちが持ってきたのは、菓子袋ひとつだった。それはどういうことなのか。親が香典を持たせなかったのは、開き直るつもりでいるからなのか。

いつか親たちとも会わなければならないだろう。向こうはどういう出方をするのか。祐一のためにも、泣き寝入りは出来ない。

寛子は枕に顔を埋《うず》め、歯を食いしばった。今、世界で一番苦しいのは自分ではないかと思えてきた。

15

放課後、飯島浩志は職員室で一学期の通信簿を作成していた。担当する国語の教科評定については、試験結果や提出物という物差しがあるので、まだ迷いは少ないのだが、教師を悩ませるのは、クラス生徒の行動評定である。「思いやり」「自主性」「公平公正」といった観点項目の欄に、AからDまでの四段階評定を下さなければならない。人情としては、出来るだけ生徒を褒めてあげたいのだが、そうとばかりも言っていられない。CやDをつけられれば、誰だって落ち込むし、腹が立つ。

通信簿をつけるとき、飯島はいつも気が重かった。果たして自分に、人を見る目があるのかどうか。そしてどこまで公平か――。とりわけ今回は、名倉祐一へのいじめに加わったとされる市川と坂井がいる。真相が曖昧な段階で、「思いやり」等の項目をどう評定していいのかわからない。

何度もペンが止まり、思い巡らせていると、女子事務員から「飯島先生、電話です」と名前を呼ばれた。

首を伸ばして、目を合わせる。「担任生徒の保護者です。佐藤さんだそうです」と事務員。保護者と聞いて心が曇った。佐藤という生徒の保護者はとくに印象はないが、いい話であることはまずない。

「お電話代わりました。飯島です」

「佐藤有希の父親です。お世話になっております」

受話器の向こうは父親だった。三者面談でも会ったことはない。父親の口調は丁寧だが、どこか冷たさを感じさせるものだった。明らかに抗議の気配がある。

「この前、亡くなられた二年生の生徒について、全校生徒に作文を書かせたそうで、そのことについてお聞きしたいのですが」

「あ、はい。どうぞ」

「その作文というのは、何のために書かせたものなんでしょうか」

「ええと、それは……」

「授業の一環でしょうか」

「いえ。授業というわけではありませんが、生徒が一人校内で亡くなったという重大事について、各々の生徒に考えてもらおうと。作文はそういう趣旨です」

「そうですか。で、その作文はどうなさるんですか」

そう問われて、飯島は返事に詰まった。「いえ、とくには……」

「もしかして、特定の保護者の手に渡るとか、そういうことはあるのでしょうか」

「あの、すいません。ちょっとお待ちいただけますか」

一瞬にして動揺し、脈が速くなった。小さな地域の情報など、いくらでも漏れるのだ。

飯島は電話を保留にすると、椅子から立ち上がり、校長室へと向かおうとした。

「校長先生なら教育委員会へ行ってて留守」すかさず隣の席の先輩教師が言う。「もしかして、この前の作文についてのクレーム？」

「はい、そうです」

「じゃあ数日中にこちらから返事をするって、そう答えて」

「ええと……」

「いいから、そうしなさい。実はほかからもクレームはあったのよ。そのせいで、作文は名倉家にまだ渡してないの」

「はい、わかりました」

飯島は再び受話器を手にし、その件については検討中で、こちらから回答をすると伝えた。

「ということは、名倉さんに提出するという噂《うわさ》は本当なんですね」

父親が尚《なお》も問う。

「ええと、ですから、それについても、こちらからちゃんとお話しします」

「しかしですね、そういうのは、子供たちに書かせる前に、保護者にも趣旨説明をして了解を得るべきものじゃないんですか」

「いや、あの……」

「自分の娘の書いた作文が、保護者への断りもなく、学校以外の誰かに提出されると言うのは、普通に考えればおかしなことですよ。飯島先生、そうは思いませんか？」

「申し訳ありません。わたしは回答できる立場にはなくて……」

「そんな、お役所みたいな。個人の考えはないのですか？」

そのとき、受話器の向こうで（おとうさん）という女のささやき声が聞こえた。きっと妻だろう。妻は、夫が娘の学校にクレームをつけることに乗り気ではなく、ハラハラしながら見守っている。そんな家庭の情景が思い浮かんだ。

「とにかく、学校として保護者のみなさんにはちゃんと事情を説明します。ですから、今しばらくお待ちください」

飯島は汗をかきながら弁明し、なんとか電話を切った。

「何だって？」先輩教師に聞かれ、電話の内容を伝える。

「だからさあ、わたしは反対だったのよね。こんなの外部に漏れるに決まってるし、そうなったら反発を覚える保護者だって出てくるわけだし……」

先輩教師は、周囲に聞こえるのもお構いなく言った。その教師によると、問い合わせやクレームは数件あって、今日も校長が市教委と協議しているとのことだ。

作文は数日前にホームルームの時間を利用して、全校生徒に書かせていた。飯島は校長の命を受け、桑畑署の知り合いの刑事を通じて、警察からストップをかけてくれるよう依頼したが、署長に一蹴された。その刑事によると、「ふざけるな」と吐き捨てたそうだ。

学校側の打つ手打つ手が裏目に出ている。危機管理のむずかしさに、飯島は憂鬱になった。そもそも学校は平穏な場所だと思い込んできた。危機に備えての準備など、誰もしていないのである。

全校生徒が下校し、日が暮れた頃、校長、教頭、中村主任の三人が市教委から帰ってきた。三人とも疲れた表情をしている。校長が前方に立ち、「職員は全員揃《そろ》っていますか？」と聞いた。

それぞれが周りを見回す。誰かの不在を告げる声はなかった。

「揃っているようですね。じゃあ、聞いてください。知っている先生方もいるとは思いますが、全校生徒に書かせた作文について、一部の保護者からご意見をいただきました。本校生徒の死について個々が思うところを作文にするのはよいとしても、その作文を死んだ生徒の遺族に提出するというのは問題があるのではないか、という意見です。確かに、言い分は理解できます」

校長がハンカチで額を拭いた。ワイシャツの腋の下は汗で変色している。

「要するに、わたしの判断が甘かったということです。遺族のすべてを知りたいという訴えに、情を重んじ、応じてしまいました。今思えば、保護者会と事前に相談するべきでした。そうしておけば、まだ理解は得られたかもしれません」

聞いている教師の中には、白けた態度の者もいた。対応が後手に回る校長たちに、不満を募らせているのだ。

「そこで市教委とも話し合った結果、作文のコピーを名倉家に手渡すことを了承するか否か、全生徒の保護者に回答を求めることにしました。拒否する保護者については、その意思を尊重します。お願いはしますが、無理強いは出来ません。わたしが今夜中に文案をまとめ、明日にはプリントを配布できるようにします。そして名倉家に対しては、これから教頭先生とわたしが出向いて事情を説明します。理解してもらえるかはわかりませんが、話し合うしかないでしょう」

校長が、自分に言い聞かせるようにうなずく。脇では中村が冷ややかな視線を浴びせていた。おれの言った通りじゃないか、とでも言いたげである。

校長と教頭が名倉家に行くため職員室を出ると、何人かがため息を漏らした。鼻を鳴らす者もいる。飯島が知らなかっただけで、作文に関しては反対を唱える教師が多数いたようだ。

仕事に戻ると、中村が近づいてきた。

「飯島君、忙しいか。暑かったし、たまには一杯行かないか」

「あ、はい」

「まだ学校としては喪中だし、ひっそりとな。栄町の山乃屋で合流。適当な時間でいいから」

「わかりました」

教師同士で飲みに行くことは滅多になかった。そんな暇がないのと、学校を離れたら仕事のことなど忘れたいからだ。

中村はほかにも数人の教師に声をかけていた。どうやら、校長に不満を抱く者を誘っているようだ。もしかして反校長派とでもいうべき一派が作られるのだろうか。

飯島は中村を信頼しているが、校長にも一定の理解をしていた。こんな小さな町で原理原則を押し通せば、たちまち当事者は感情的になり、着地点を見失う。初動が肝心だとわかっていても、受け身にならざるを得ない。

通信簿を作成する手がすっかり止まった。たばこを吸うため、職員室を抜けることにした。廊下に出ると、むっとした熱気が肌に絡みつく。もうすぐ夏休みだ。それで何かが薄まってくれないかと、自分まで逃げの気持ちを抱いている。

藤田一輝の父親から電話がかかってきたのは、子供たちの夏休みを一週間後に控えた夜半だった。市川恵子は先方が名乗るのと同時に、全身が緊張した。

「夜分に恐れ入ります。今お電話よろしいでしょうか」

「はい。結構です」何の用だろう。急に脈が速くなる。

「今回の件では、お互い大変なことと思います。うちの妻も神経が参って、床に臥《ふ》せっている状態です。警察と地検の呼び出しがいまだ続き、学校側も満足な情報を与えてくれず、わたしも落ち着かない日々を送っているのですが……」

藤田君の父親と面識はないが、話しぶりから理知的な印象を受けた。地元建設会社の重役だと聞いたことがある。

「それでですね、お聞き及びかもしれませんが、名倉家はどうやら月命日ごとに子供たちを集めて焼香をさせるなどということを言い出しているようで……」

「え、そうなんですか？　八月一日のことは聞いていますが……」

恵子は絶句した。

「実はそうらしいんです。名倉呉服店の専務が商工組合の中で言いふらしているようで、わたしの耳にも入りました」

「そういうのって、強制できるものなんですか」

「いいえ、もちろん断ろうと思えば断れます。しかし、バラバラに対応していては混乱を招くばかりなので……。どうですかねえ、ここで一度、うちと市川さんと坂井さんと金子さんと、保護者同士、会合の場を持つというのはいかがでしょう」

「あ、はい……」

「この前の日曜日、子供たちが呼ばれたときも、香典はどうするのか、手ぶらでいいのか等、各家庭で悩まれたと思うんですよ。あのときは、坂井さんが香典は持たせないとおっしゃられたそうで、みなさんバタバタとそれに倣う形となりましたが、この先のことを考えると、やはり意思統一を図ったほうがいいのではないかと……。もちろん、無理にとは申しません」

「いえ、いえ。わたしもその方がいいと思います」恵子は受話器を手にかぶりを振った。

「では次の土曜日にでも。午前十時に市民センターの会議室でいかがですか。わたし、センター長とは懇意にしてましまして、頼めばすぐに借りられるんです」

「はい、それで結構です」

「では、坂井さんと金子さんにはこれから連絡しますので、何もなければその日時ということで……」

「はい、わかりました」

電話を切ると、恵子は改めて心臓がドキドキした。名倉君が死んで以来、逮捕・補導された四人の親同士が顔を合わせるのはこれが初めてだ。考えてみれば、誰かが中心になって、早いうちに集まるべきなのだ。だから一部には安堵《あんど》する気持ちもあった。自分は矢面に立ちたくないので、藤田君の父親がやってくれるのなら、それに乗りたい。

もっとも気が重いことに変わりはなかった。自分がそうであるように、どの親もうちの子は悪くないと信じている。悪い友だちがいて、それに付き合わされただけだと思っている。みんな冷静だといいのだが。

少し時間を置いて、恵子は坂井百合に電話した。つい先日も香典の件で話をしたばかりだ。あのときは百合が、香典なんて子供に持たせるようなものじゃないと当たり前の主張をし、恵子は思わず納得し、藤田家と金子家に連絡した。百合は案外頼りになるのではないかと、そんなことを思い始めていた。

百合のところには、藤田君の父親から電話があったばかりで、月命日の一件についていたく腹を立てていた。

「冗談じゃない。わたしは瑛介を行かせません」

「うん、わたしもいやだけど……」恵子が相槌《あいづち》を打つ。「でも、そうすると、名倉さんのところも態度を変えるかもしれないし……」

「じゃあ、言いなりになるの？　この先ずっと月命日になると、瑛介も健太君も、名倉君の家に行って、仏壇に手を合わせて、あちらの奥さんから嫌味を言われるわけ？　冗談じゃない、わたしはお断りです。だいいち瑛介は何もしてません」

百合の態度は明確だった。毎日心が揺れ動く恵子とは正反対だ。きっと自分は毎日家にいて、考え事ばかりしているからだろう。スーパーのパートはずっと休んだままだ。百合は仕事を持ち、女手ひとつで息子を養っている。きっと人間が強いのだ。

「だからね、そういうことも含めて、一度顔を合わせて話し合うのはどうかっていう話なんだけど」

「うん、それはいいのよ。わたし会合には賛成した。藤田君のおとうさんはちゃんと冷静な人みたいだし」

「そうそう。冷静な人だと助かるよね」

「でもさあ、藤田君のおかあさんのほうは、陰でいろいろ言ってるみたいだけどね」

「どういうこと?」

「うちの子は悪くない。うちの子は、小学生のときはいじめに遭ってた方だって」

そうか、やっぱりみんなそう言うのだ。恵子はそっと嘆息した。

「藤田君、小六のとき、一時期不登校だったらしいのね」

「ふうん。知らなかった」

「うちの瑛介なんか、体が大きいから、それだけで警察とかは、グループのボスみたいに見るし……。あーあ、いやになっちゃう」百合がため息まじりに嘆く。「まあいいや。どっちにしろ、いつまでも先送りできない問題だし、一度みんなで話し合いましょう。じゃあ土曜日にね」

「うん。じゃあ土曜日」

電話で人声を聞いたら、少し元気が出た。恵子はずっと話し相手に飢えていた。専業主婦は、ストレスが溜《た》まり出すと発散させる場所がない。

夜遅くになって、茂之が帰宅した。今度の土曜日の件を告げると、さっと表情を曇らせ、「おれ、その日は接待ゴルフだってなかったっけ」とつぶやいた。

「聞いたけど……。うそ、行くつもりなの？」恵子は夫を見据えて言い返した。「だって健太のことでしょう」

「そうだけど……うーん」

茂之が唇をへの字にして、唸《うな》っている。恵子は信じられなかった。

「ちょっと、ゴルフを優先させるなんて言い出さないでよね」

「仕事なんだって。しかもこっちが接待する側」

「事情を話して誰かと代わってもらえばいいじゃない」

「おれが担当なの。代役はいない」

「じゃあ父親の代役はいるわけ？」

「大きな声を出すなって。子供が起きるだろう」

茂之はなだめようとしたが、恵子は大いに憤っていた。夫の対応についてはずっと不満を抱いてきた。今回起きた我が家の危機に、どうして積極的に取り組んでくれないのか。それどころか、夫はいまだ傍観者のつもりでいる。

「わかった。ゴルフはキャンセルして会合に出席する。それでいいだろう?」

妻が噴火寸前なのを察知したのか、夫が意を翻した。

「当たり前でしょう」

「当たり前って――。おまえ、簡単に言うけどな、先方に断りの電話を入れるだけでも、相当気を遣うことなんだぞ。こっちから誘っておいて、スケジュールを空けてもらって……」

「それにしたってたかが接待でしょう。中止になっても誰も困りません」

「そういう言い方があるかよ」今度は夫の顔色が変わった。「今度の接待はとても重要なんだぞ。他社と競合する中、新しいプロジェクトに食い込めるかどうか、そういう瀬戸際の中で仕事やってんの。おれに関しては、営業の高橋部長から声をかけられて、うまくいけば営業に引き抜かれる、言ってみりゃあ試験中の身だよ。家の事情で行けません、なんてことを言えば、当然部長からの信用を落とすだろうが」

「家族を大事にしない男が出世するような会社なんて、ろくな会社じゃないんじゃない？」

恵子は勢いで反論したが、言ってすぐしまったと思った。

「おい。ろくな会社じゃないって、どういうことだ」

案の定、夫は目を顔をこわばらせて怒り出した。誰のために毎日遅くまで働いてるんだ、組織の中で働く苦労がおまえにわかるのか――。口角泡《こうかくあわ》を飛ばし、まくし立てる。どんどん声が大きくなった。

「ごめんなさい。今の取り消し」

恵子は一旦誤った。こんな夜中に夫婦喧嘩《げんか》をしたくない。

「おい恵子。おまえはサラリーマンを軽く見てるがな、今の世の中――」

「軽くなんか見てません」

「じゃあ、なんで簡単に家族を優先させろなんて言える。物事ってのはな、全部白黒で決められるもんじゃないんだぞ。仕事より大事な家のことがあれば、家のことより大事な仕事だってあるんだよ。それを何でもかんでも杓子定規《しゃくしじょうぎ》に――」

夫の怒りは雪だるま式に増している様子だった。顔を赤くし、頬をひきつらせている。夫がこんなに感情をあらわにしたのは、初めてのことだ。

「ごめんなさい。わかったから、もう怒らないで」

恵子がなだめ、やっと夫は黙った。しばし荒い息を吐いたのち、踵《きびす》を返し、音を立てて廊下を歩き、浴室に消える。

一人になると、謝ったことが癪《しゃく》に障った。仕事が大事なことは充分理解している。しかし、やっぱり、家族の一大事と比較するようなことではない。希望を言うなら、藤田君の父親が起こした行動にしても、茂之にやって欲しかったことなのだ。

どんな会合になるのか、恵子は今から不安でならなかった。ほかの親たちは、何を考えているのか。

今年は長い夏になりそうだった。毎年お盆休みは家族旅行に出かけるのだが、もちろん計画など立てられない。

夏の大会が近いからと、瑛介は大きなスポーツバッグを肩にかけ、土曜日なのに朝から家を飛び出て行った。三年生が来る前に、コートを自由に使って早出特訓をしたいのだそうだ。弁当持参なので、きっと夕方まで帰って来ないのだろう。もしかしたら、午後は学校のプールで遊ぶ計画かもしれない。

坂井百合は、特大のおにぎりを四つ持たせた。米二合分である。息子の弁当を作っているときは、なんだか心が癒された。小さなしあわせが、とても貴重なことに思えた。

梅雨が明けて、瑛介は真っ黒に日焼けした。まるで向日葵《ひまわり》かと思うくらい、身長も日々ぐんぐんと伸び、百八十センチに届いたようだ。靴のサイズは二十八センチ。玄関に並ぶ大きな運動靴が、なんとも頼もしい。「瑛介君、大きいねえ」と知り合いに言われると、百合は我がことのようにうれしかった。息子は自分の太陽だ。

今日、市川君と藤田君と金子君の親たちと会うことは、瑛介に言わなかった。ひょっとしたら市川君たちから聞かされて知っているのかもしれないが、自分からは触れず、何食わぬ顔で送り出した。

百合の中には、開き直る気持ちが固まりつつあった。名倉祐一の死に、瑛介は絶対にかかわっていない。本人がそう言うのだから間違いない。だから自分も堂々としていようと心に決めた。もしもこの町で暮らしにくくなったら、隣町にでも引っ越せばいい。市営団地住まいは、その点で気が楽だった。噂が追いかけてくるようだったら、いっそ県外に移住しても構わない。仕事なんてどこででも見つかる。贅沢《ぜいたく》な暮らしなど望んではいないから、精神的にも身軽だ。

去年バーゲンで買った明るい色のワンピースを身にまとい、白のパンプスを履いた。髪はうしろでまとめ、ちゃんと化粧もした。どんな服装をしてくるか、女同士はすかさずチェックする。だから、遊びに行く恰好《かっこう》かと思われるかもしれない。おまけに百合は若く見られる方なので、反感も買いやすい。

けれど、こっちは一人なのだと百合は言いたかった。今日集まる母親たちは、夫の陰に隠れられる。きれいごとを言って、あとは男たちに任せていればいい。こっちは母子家庭だから、そうはいかないのだ。おとなしい女だと思われたら、不利なことまで押し付けられる危険性がある。そうならないためにも、言うべきことは、言わなくてはならない。

指定された市民センターに行くと、玄関ホールで市川君の母親、恵子が待っていた。憂いを含んだ笑みを浮かべ、うなずくように会釈する。

「坂井さん、ご苦労様。お仕事、大丈夫？」

「うん。今日はお休みだから」

百合は、恵子がやつれているのにびっくりした。目はくぼみ、肌は色つやがない。何度も電話で話してきたが、会うのは名倉君の死以来初めてだ。

「夫です」恵子が傍らの男を紹介した。こちらは初対面である。これといって特徴のない、平凡な容貌の中年男が、「どうも。息子がお世話になってます」と頭を下げた。

「いえ。こちらこそ」

「今日、弁護士の先生が来てるみたい。藤田さんの手配だって」と恵子。

その言葉を聞いて、百合は急に気が重くなった。あの堀田弁護士が話に加われば、不快になることは必至である。

受付で場所を聞き、会議室に行くと、すでにほかの二家族は顔を揃えていた。母親同士は顔見知りだが、父親たちはみな初対面で、互いに自己紹介をし合った。全員、カジュアルな服装だった。金子君の父親などは、Tシャツにジーンズで、髪は茶髪だ。会社勤めらしいが、ずいぶんくだけた会社員である。年齢はみな似たり寄ったりだ。テーブルにはペットボトルの水が並んでいた。藤田家が用意したようだ。

堀田は扇子を片手に上座に座っている。「暑いね、ここは。エアコン、効いてるの?」不快そうに顔をしかめて言った。

「すいません。古い建物で、風量しか調整できないようです」藤田君の父親が恐縮している。

百合が会釈しても、堀田はぎょろりと一瞥《いちべつ》をくれるだけで、一言もなかった。会議テーブルを全員で囲む。一人だけ配偶者のいない百合は、やはり居心地が悪かった。

藤田が咳払《せきばら》いをひとつして、話の口火を切った。

「ええと、本口はお集まりいただき、ありがとうございます。藤田でございます。僭越《せんえつ》ながら、今回の集まりの音頭を取らせていただきました。とくに議題があるわけではないのですが、事態は刻々と変わっておりまして、子供たちが釈放されたからといって、すべてが終わったわけではなさそうです。警察及び検察からは、引き続き出頭要請がありますし、名倉家からは、月命日ごとに子供たちを焼香に寄越すよう、要求もあります。学校で書かされた作文も、名倉家に提出するかどうか、各自が決めなくてはならないようです。ですので、ここらで一度、親同士会合を持って、どう対処するか、話し合うのがよいのではないかと思い、みなさんに連絡した次第であります。今日は、忌《き》憚《たん》のない意見交換が出来ればと思っています」

藤田が落ち着いた口調で話す。一見して温和な印象を受け、百合はほっとした。藤田君の母親はお高くとまった感じが苦手だが、父親のほうは常識的で話が通じそうだ。

「それと今日は、うちの一輝と坂井さんの息子さんの釈放にご尽力をいただいた、東京の弁護士の堀田先生に、アドバイスをいただけたらということで、同席していただくことになりました」

「あのさあ、一時間だけだからね。わたしも忙しいから」すかさず、堀田が口をはさむ。相変わらずの横柄さだった。

「はい。承知してます。ご足労いただき、ありがとうございます。では早速ですが、名倉家から求められた月命日の件について……」

藤田が出席者を見回すが、誰も自分からは口を開かない。

「でしたら、テーブルのこっちから順番にということで……」

そう促すと、金子がむずかしい顔で発言した。

「うちはその、名倉さんの気持ちもわかりますし、いやってわけではないんですが、毎月というのはどうなんですかねえ……。とりあえず八月に関しては行かせますけど……」

「じゃあ、金子さんは、九月以降はどうなさるおつもりですか」藤田が聞いた。

「うーん。そうねえ……」腕組みして考え込む。「本人次第かなあ……。息子が行くというなら行かせるけど、いやがっている様子なら、やめさせると思います」

「わかりました。では市川さん」

「わたしも同じ意見です。本人次第です」

市川がそう答えると、妻の恵子のほうが、すかさず「でも、子供は本心を言わないかもしれないし……」と異議を唱えた。

「この前、子供たちが名倉家に呼ばれたときも、うちの健太、向こうで何を言われたか、言葉を濁して、ちゃんと教えてくれないんですよ。子供って、親に心配かけちゃいけないって、無意識に隠し事をすることがあると思うんですよ」

「なるほど。そうかもしれませんね。うちもそうでした」と藤田。

「うちも、うちも」金子が追従してうなずく。

「わかりました。では坂井さん」

「わたしは決めてます。三回までは我慢しますけど、それを超えて続くようなら、うちは行かせません」

百合はきっぱりと言った。ゆうべさんざん考えた結論だった。本当は次回だっていやなのだ。

「あのう、そもそも、何のために子供たちを集めるんでしょうかねえ」恵子が暗い顔で聞く。

「そりゃあ、あんた、半分は腹いせだよ」

答えたのは堀田だった。みなの視線が集まる。いかつい顔の弁護士は椅子にふんぞり返り、ふんと鼻を鳴らした。

「言っておくけど、ここだけの話ね。少年事件ではよくあることなのよ。刑事罰を科せられないのなら、せめて加害者側を針のむしろに座らせてやるって——。要するに遺族としては、このまま日常に戻られてたまるかという思いがあるわけね。ま、言ってみれば感情論だけどさ、遺族の感情を理屈ではねつけると、それはそれはやっかいなことになるわけで、いきなりわたしの結論を言っちゃうけど、みなさん、今しばらくは我慢してね。どうせ傷害での立件はないだろうし、となると生徒の死に関与したかだけど、よほど確かな目撃情報とか物証でもない限り、検察は何も出来やしないって——。みなさん、いろいろ不安と不満はあると思うけど、頭を低くして、時が経《た》つのを待つというのも、大事なことだからね。民事で訴えられるの、いやでしょ？」

立て板に水の如く、堀田がまくしたてる。百合はもう慣れたが、金子と市川夫妻は、堀田の高飛車な物言いに驚いている様子だ。

「わたしが今日、呼ばれたのも、そういうことでしょ？　誰か第三者が注意しないと、親御さんの中にも、なんでうちの子が名倉家に呼びつけられなきゃならないんだって、そういう思いの人がいるだろうし、そうなると、この中の誰が説得するんだって話になるし。坂井さんもわかってるよね」

百合だけいきなり話を振られた。

「あ、ええと、はい」

「この中ではあなたが一番タカ派に見えるから」

堀田が平然と言い放つ。百合は腹が立つというより呆《あき》れ返った。

「でも先生。わたし、三カ月以上続くようだと本当に断りますからね」

へりくだるのも馬鹿らしくなったので、わざと明るく言った。元々男あしらいは下手な方ではない。

「ほらほら、坂井さんはやっぱりタカ派だ」堀田が唐突に相好をくずす。「じゃあ、三カ月たったらまた話し合おう。ははは」

堀田は声を上げて笑ったが、その仕草はすべて芝居がかっていて、どこまで本音か判断がつかなかった。長年法廷で争うと、こういう人間が出来上がるのだろうか。

「ええと、では、月命日の件については、最低三カ月は様子を見るということでよろしいでしょうか」

藤田が確認し、それぞれがうなずいた。

「続いては作文の件ですが、これはわたしが校長先生に問い合わせたところ、我々は当事者になるので、ぜひ拒否しないで欲しいと説得されました」

「実際、拒否した保護者はいるんですかね」金子が聞く。

「それが結構な数いて、学校は頭を痛めているようです。そりゃそうでしょうね。わたしだって無関係なら断ります」

「その作文って、わたしたちが事前に読むことは出来ないんですか？　もちろん、自分の子の書いたものだけですけど」恵子が聞いた。

「それは可能でしょう。自分の子の作文なんですから」

「わたし、あんまり読みたくないなあ」百合がつぶやく。

「うん、そう。実はわたしも怖い」恵子が同意した。

「先生。どうでしょうか」藤田が堀田に意見を求める。

「いいじゃない。作文くらい。それだって遺族感情の発露みたいなものなんだから。断ると、向こうも態度変えますよ。困るでしょ？　それだと。小さな問題、小さな問題」

堀田はぞんざいに言い、扇子で顔を扇《あお》いだ。この人物にかかれば、すべてが自分のペースである。

堀田の言葉には、誰も逆らわなかった。藤田が堀田を呼んだのも、こういう効果を狙ってのことだろう。保護者だけなら、何ひとつ決まらないかもしれない。

そしていくつかの問題が話し合われ、最後は、自分たちは名倉家と会って話をするべきかという議題に行きついた。ここにいる誰もが避けたいことだが、果たして避けていていいのか、判断がつかない。事態の推移を見守りつつ、とみな思っているうちに、もう半月以上が経過してしまった。

一人一人発言を求められたが、はっきりと意見を述べる親はいなかった。恵子の夫は、「情けない話ですが、正直どうしていいのかわかりません」と肩をすくめている。そして全員がうつむき、黙ってうなずいた。

「あのさあ、名倉家に行くなら四家族揃って行ってね。代表を送り込むとか、個別に会うとか、そういうのはなるべく避けてね」

そのときまた堀田が口をはさんだ。親たちが視線を向ける。

「あんまりこういうことは言いたくないけど、親ってのは、自分の子さえ助かればいいと思いがちなの。非難じゃないですよ。誰だってそうなんだから。で、一部の親が出向いて話し合いを持つと、どうしてもその場にいない家の子が首謀者にされちゃうわけ。だから四家族一緒が原則。わかった？」

ここぞとばかりに声のトーンを上げて言った。まったくもって、この男の言い方はすべて恫喝《どうかつ》に聞こえる。

「ちなみに、先生はどうすればいいとお思いですか？」みなが遠慮しているので百合が聞いた。

「わからんよ」堀田は即座に言った。「ここにいる親御さんを見てると、みなさん常識人のようだし、面会しても大丈夫だとは思う。非行少年の場合だと、親まで非常識っていうのがざらにいるからね。でもねえ、どうかなあ……、藪《やぶ》をつついて蛇を出す可能性も否定できないし……、これぱっかりはわたしにもわからんのだよ」

「向こうが面会を求めてきたら？」

「ああ、そのときは会って。ちなみに香典は不要。どうせ受け取りゃしないんだから。無駄な軋轢《あつれき》は避けた方がいいよね。それから謝罪は暴力を働いた点だけ」

堀田はすべて即答だった。だから余計に取りつく島がない。

「おっと、そろそろ時間だ」堀田が腕時計を見て立ち上がった。「じゃあ、わたしはここで。何か変化があったら知らせてください。必要とあらばまた来ます。依頼された仕事はきちんとやりますよ。こっちもそれで報酬を得ているからね。ははは」

場違いな笑い声を発し、上着に袖を通す。親たちは最後まで呆気《あっけ》にとられっ放しだった。

藤田が玄関まで見送りに行く。その間、恵子が「あの弁護士先生が瑛介君の担当なの？」と小声で聞いてきた。

「うん。そうなの」百合が鼻に皺《しわ》を寄せて答える。この成り行きが自分でも滑稽に思えてきた。

ほどなくして藤田が戻ってきた。すると、弁護士がいなくなるのを待っていたかのように、藤田夫人が口を初めて開いた。

「あのう、わたし、みなさんにひとつお聞きしたいんですけど、名倉君を四人でいじめたってことになってますけど、それってどうなのかなあって……」

「おい」藤田がさっと顔色を変えた。ささやき声で制そうとする。

「さっき弁護士の先生が首謀者って言い方をしましたが、やっぱりグループにはリーダー格がいて、それに従う子がいると思うんですよ。で、そういうのを一緒くたにして、均等な扱いをされると、ちょっと親としては戸惑うというか……」

「やめなさい。みなさんの前で」

「でも、わたしどうしても納得がいかなくて。一輝が率先して人に暴力をふるうなんて考えられないんですよ。小学生のときは、クラスでいじめに遭って不登校になった子なんですよ」

藤田夫人の発言に、百合は顔が熱くなった。親のエゴがとうとう噴出した。予想しないではなかった。自分だって同じことを思っている。

「じゃあ、はっきりさせますか？　誰が首謀者なのか。うちだって、瑛介の体が大きいばかりに、番長のように思われて困ってるんです」

百合は思わず応じてしまった。心臓が高鳴っている。

「やめましょう。うちの家内が失礼しました」藤田が全員に向かって詫《わ》びた。

「坂井さん、やめようよ。警察が調べてるんだもの。それでいろいろわかるんじゃないかしら」恵子も止めた。

「じゃあ、いいですけど……」百合は感情を呑《の》み込み、矛を収めたが、頬がひくひくと引きつった。

藤田夫人はほかの親とは目を合わせようとせず、険しい表情で下を向いていた。空気がすっかり悪くなり、その後は沈黙が流れるばかりだった。

百合は思った。窮地に立たされた子供の親が四組集まれば、自然とこうなるのかもしれない。みんな、自分の子供だけが可愛《かわい》い。とくに母親はそうだ。自分のことなら譲れても、子供のことだと譲れない。

藤田夫人のエゴのお蔭《かげ》で、自分も言いたいことが言えた。心情の一部を吐き出したことで、百合は少しだけ高揚感を覚えていた。

本書は、株式会社朝日新聞出版のご厚意により、朝日文庫『沈黙の町で』を底本としました。但し、頁数の都合により、上巻・中巻・下巻の三分冊といたしました。

沈黙の町で　中

（大活字本シリーズ）

2021年5月20日発行（限定部数700部）

底　本　朝日文庫『沈黙の町で』

定　価　（本体3,200円＋税）

著　者　奥田　英朗

発行者　並木　則康

発行所　社会福祉法人 埼玉福祉会

埼玉県新座市堀ノ内3—7—31　〒352—0023

電話　048—481—2181

振替　00160—3—24404

印刷製本所　社会福祉法人　埼玉福祉会 印刷事業部

© Hideo Okuda 2021, Printed in Japan

ISBN 978-4-86596-419-6

大活字本シリーズ発刊の趣意

現在，全国で65才以上の高齢者は1,240万人にも及び，我が国も先進諸国なみに高齢化社会になってまいりました。これらの人々は，多かれ少なかれ視力が衰えてきております。また一方，視力障害者のうちの約半数は弱視障害者で，18万人を数えますが，全盲と弱視の割合は，医学の進歩によって弱視者が増える傾向にあると言われております。

私どもの社会生活は，職業上も，文化生活上も，活字を除外しては考えられません。拡大鏡や拡大テレビなどを使用しても，眼の疲労は早く，活字が大きいことが一番望まれています。しかしながら，大きな活字で組みますと，ページ数が増大し，かつ販売部数がそれほどまとまらないので，いきおいコスト高となってしまうために，どこの出版社でも発行に踏み切れないのが実態であります。

埼玉福祉会は，老人や弱視者に少しでも読み易い大活字本を提供することを念願とし，身体障害者の働く工場を母胎として，製作し発行することに踏み切りました。

何卒，強力なご支援をいただき，図書館・盲学校・弱視学級のある学校・福祉センター・老人ホーム・病院等々に広く普及し，多くの人人に利用されることを切望してやみません。